群娃儿，本名张琼。1986年生人，祖籍湖北孝感。本科英语专业，艺术学硕士。大学毕业后曾在出版界做英语编辑十年，参与出版百余本图书。业余爱好阅读、写作。

小镇之歌

群娃儿 / 著

成都时代出版社
CHENGDU TIMES PRESS

图书在版编目（CIP）数据

小镇之歌 / 群娃儿著. ——成都：成都时代出版社，2022.2

ISBN 978-7-5464-2906-9

Ⅰ.①小… Ⅱ.①群… Ⅲ.①短篇小说—小说集—中国—当代 Ⅳ.①I247.7

中国版本图书馆 CIP 数据核字（2021）第 216354 号

小 镇 之 歌
XIAOZHEN ZHI GE　　群娃儿 / 著

出 品 人	达　海
责任编辑	李卫平
责任校对	李　佳
插　　图	娟　娃
装帧设计	成都九天众和
责任印制	车　夫
出版发行	成都时代出版社
电　　话	（028）86742352（编辑部）
	（028）86615250（发行部）
网　　址	www.chengdusd.com
印　　刷	成都博瑞印务有限公司
规　　格	134mm×210mm
印　　张	7.375
字　　数	130 千
版　　次	2022 年 2 月第 1 版
印　　次	2022 年 2 月第 1 次
书　　号	ISBN 978-7-5464-2906-9
定　　价	52.00 元

著作权所有·违者必究　本书若出现印装质量问题，请与工厂联系。电话：（028）85951708

自 序

在中国鄂东北的偏僻角落,坐落着这样一个小镇,20世纪90年代,它像千千万万个中国小镇那样,虽默默无闻,却自有它的美丽。一座磨山如同一个庞然大物般突兀地杵在小镇的腹地,纵横于磨山脚下的两条熙熙攘攘的新街,躺卧在王河后面一条弯弯曲曲的老街、散落在街道两旁的房舍和田野,组成了小镇的全部。

当年的小镇既无城市的现代气息,也不似乡村那样成为信息孤岛,夹在中间地带的它,如同一个小型聚落,社会要素一应俱全。在那里,曾热气腾腾地生活着这样一群人,他们大多数是来自周边穷乡僻壤的小镇"新移民",满怀希望地来到了心中的"远方",开启了各自的新生活。左邻右舍,干什么行当的都有:豆腐坊、养猪场、冰棒厂、电焊铺、修车行、养鸡户、五金店、早点摊、发廊、小旅馆、毛衣加工厂、面条加工厂、跑客运的、跑海运的、卖煤的、卖鸭蛋的、赶羊的、弹棉花的、卖爆米花的、编篾筐的……人人都确信，在这片广阔天地上（至少比自己老家的村沟子要广阔），定能大有作为。

我在小镇度过了幸福而漫长的童年和少年时光，那里有我再熟悉不过的人情世故和至亲近邻，我甚至还能清晰地记起他们言谈时的神情和语调。我记得每一张面孔和他们说过的俏皮话。目睹和见证了他们的悲欢离合、跌宕命运。有的糊涂无望地过了一生，有的坚定不移地活在盼望里；有的风风火火过一生，有的疯疯癫癫过一生；有的被时光侵蚀成了一棵朽木，有的被时光雕刻成一块美玉；有的飞黄腾达，有的一败涂地；有的活成了小镇之光，有的活成了小镇包法利……当然，最多的，还是千篇一律的小镇人物：他们规规矩矩、普普通通，既不与命运抗争什么，也不觉得有什么需要去抗争，更无所谓去抗争，他们鸡鸣即起、日落安息、定时繁衍、老了死去。

离开我生活的那个小镇已经近二十年了，这么多年，无论我离家有多远，梦见最多的还是那个小镇：冒着黑烟开往远方的火车、绿荫掩映下的火车站台、烈日下尘土飞扬的马路、满载乘客一路颠簸的乡镇中巴、卡拉 OK 厅里闪瞎眼睛的五彩灯、混杂着各种气味的小镇市集、大街上四处游荡的小镇青年、端着饭碗串门的小镇大妈……这些熟悉的人和景永远地刻在当年那个幼小而情感丰富的我心里。我最初的人生智慧和人生体验是从那里获取的，那是我一辈子忘不了也回不去的故乡，我只能在文字里为我的童年和故乡寻一个归宿。这些字就要付印成书，我内心诚惶诚恐，自知才疏学浅、文笔平庸，唯有做到字字诚恳，方以自慰。世事无常，古老的幸福已渐远去，愿这本小书能够带你一起回到那个遥远的 90 年代，找寻属于你的温情记忆。

群娃儿

2021 年冬于北京

目录 CONTENTS

▲ 001…门前的老槐

▲ 021⋯冷 秋

▲ 043⋯直到生命的尽头

▲ 067…月亮之上

▲ 097…九月的云

▲ 125…另一种人生

▲ 151…童年的油条香

▲ 169…她的名字叫虹

▲ 187···奇葩老何

▲ 211…小镇父亲

门前的老槐

在我们小镇,清晨叫醒你的一定不是鸡啼,很可能是豆婆儿家的三洋录音机。每天六点不到,半条街的人的耳膜和心脏都会被录音机里腾格尔一声声"我爱你,我的家,我的天堂"的嘶吼所震颤。豆婆儿很爱这首歌,她的家乡并不在草原,但只要听到这首歌,她就像嗅到了草原天堂的格桑花花香般心旷神怡。她一边陶醉地跟唱,一边麻利地打扫房前屋后,迎接新的美好一天。

老伴田师傅天未亮就在屋后热气腾腾的小作坊里忙着做豆腐了,他有一头忠厚又固执的小骡子,朝夕陪着他在那个昏暗的小作坊里忙碌。昨夜泡好的黄豆已经各个饱满鼓胀了,给骡子套上缰绳,它就开始一圈又一圈地围着磨盘转着磨豆浆了。它在一旁打转转,田师傅也忙着完成一系列的工

序、滤浆、煮浆、点浆、包浆、压制,做成豆腐脑、水豆腐,准备就绪后便出摊。时值炎热的夏季,豆腐得迅速卖掉,才不至于发酸变质卖不脱。所以,天麻麻亮他就挑起豆腐开始沿街叫卖了。那叫卖声像鹅叫,一声高过一声,把街道两边天台大通铺上一排排夜宿酣睡的街坊邻居都挨个儿叫醒:"豆腐——豆腐——豆腐——"

天台大通铺,简直可以称得上小镇一大奇观。它绵延数公里,贯穿整条街,是小镇夏夜里最蔚为壮观的景象。盛夏三伏,热得像蒸笼。小镇里,清一色的二层小楼,每当夜幕降临,全镇男女老幼,卷着铺盖儿,倾巢出笼,乌泱泱的,把自家楼顶的天台睡成通铺。街头的呼噜声能把街中的人吵得夜不能寐;对面天街的一席枕边话,也能准确钻到某个八婆儿的耳朵里;街尾车站的妇人吵架声,能引来中街的牌友穿着睡衣踩着云朵来劝架。

田师傅每天按时喊整条街的人起床,并不是每个人都对此表示感谢的,相当一部分起床困难户其实是恨得牙痒。

睡在天台上的镇中体育老师陈老师,天生就脾气暴躁,脑子浸润了一夜的露气，外加一肚子起床气，那一阵阵"我爱你"的嘶吼过后无缝衔接一声更比一声高的卖豆腐吆喝声，把他从梦里强行拉进现实，让他火冒三丈。他一个翻身打起来，穿个裤衩，赤膊赤脚杵在高高的天台上，指着楼下卖豆腐的人吼起来："喂！田老头儿！晚出摊会死吗？你们家天天夫唱妇随的，要不要全镇人睡觉了？！"

"什么？豆腐啊？哦，两块一斤。"田老头笑嘻嘻仰着头答。

"又装聋？你信不信我下来把你两挑子豆腐蹬个稀烂啊？"

"要豆干？没有哦！今天没有做，改天给你单独做哦！"田老头继续笑眯眯答。

"装聋的死老头！你不得好死！呸！"陈老师气急败坏地啐出一口唾沫，恨不得从天台顶上飞下来捶田老头一顿。

"陈老师，你红裤衩上面有个窟窿！"田老头指着天台的红点呵呵笑，转身就挑着豆腐继续沿街叫卖了，"豆腐——豆腐——豆腐——"

陈老师臊得捂着屁股就钻进了被单里，气得仰躺着直哼粗气。睡在隔壁通铺的旺听完他们的全程对话，翻了个身，依旧闭着眼，懒洋洋地说道："陈老师，这么多年了，他们天天如此，你咋还不习惯呢？我每天不听到'我爱你'和'豆腐'，都不确定太阳第二天会不会升起来。磨山脚下的火车每次穿镇而过，我都能把列车时刻表听出来，现在不听着噪音反倒睡不着呢！"

"谁能跟你比？整天就只知道憨吃傻睡，雷都打不醒的一头猪！"

"比喻就比喻，不要人身攻击！"旺气得睁开了眼，冲着天空说。

"咋了，不服？你这个臭小了也骨头痒了？你天天带着老子的小茅司在街上到处瞎混，这账我还没找你算呢！"陈老师坐起来吼道。

"呼呼呼呼呼……"旺立马把被单一蒙，躲在里面紧张地打起了呼噜。

"妈的，一个个都只会装死！"陈老师继续倒头睡觉。

此时，太阳渐渐升起来了，天台上陆续有人迷迷糊糊起床，统一顶着鸡窝头，稀稀拉拉地收拾东西准备下楼了。

豆腐婆儿也已经把一家人的饭做好了，她尖着嗓子站在自家门前冲着二楼天台大声喊道："吃饭了！吃早饭了！"这一嗓子大的，不知道的还以为她邀请半条街的人来她家过早呢！

她喊的是她家的闺女，晓。晓二十九岁，长得浓眉大眼，憨厚可爱，高中毕业后就去深圳打工了，后来又因病回家调养身体，就再也没出去了，没有对象，一直和爸妈一起生活。豆婆儿一直把她当宝贝宠，从不让她做任何家务，养得白胖细嫩如豆腐。外人嘲笑两句"咋还没嫁姑娘"，豆婆儿都要跳起脚来回敬一句："要你管？吃你的喝你的了？我爱养到啥时候是啥时候！"

晓还有一个大她八岁的哥哥，申。申是我们镇上较早一批考上大学的年轻人之一。不过儿子大学毕业后留在深圳工作十年，只回过两次家，一次回来结婚，一次回来给儿子办户口。街坊邻居嘲笑他被外地的老婆拴得死死的，豆婆儿嘴上不说，心里只当没生这个儿子。

别看豆婆儿一把年纪了，她却顽强地抵御了时光的侵蚀，皮肤白皙，头发黑亮，一双有神的大眼睛，焕发着昔日的神采。她整日精神抖擞，身强体健，嗓音震天响，随便一嗓子，都能惊飞一群鸡鸭，发起火来能把屋顶掀了。她用自己旺盛的精力来对付自己周围的鸡毛蒜皮，也会用极大的热忱去生活，她爱草原，爱豆腐，爱闺女，爱她的猪，也爱她自己。

相比之下，老伴儿田师傅却衰朽很多，长年累月挑豆腐的重担把他的背压弯了，每日两项仅有的社交活动就是卖豆腐和坐在门前槐树下吹着小风下象棋，他将大部分的光阴都交给了豆腐小作坊和那只骡子。小作坊，是他家唯一一处闲人免进的清静之地，关上那扇小破门，就是另一个世界。时间从热气腾腾的灶炉上空缓缓蒸发，柔黄的灯光下是他在豆腐香气中忙碌的身影，洗豆、泡豆、磨豆、做豆腐，把一颗颗坚硬的豆子变成一块块热乎的软豆腐，内心便会获得更多的安宁。那只骡子在旁边一声不吭地围着磨盘转，乳白的浆汁缓缓流入一个木桶里，等到田老头看到豆浆溢出来，就会上前拍拍骡子的背笑嘻嘻说道："兄弟，眼睛长这么大，看点事儿啊！"骡子不好意思地"嗯昂，嗯昂"了两声，当是回应了，接着二位又继续沉浸在无声的忙碌之中。

当然，小作坊的闲人免进并不包括豆婆儿，她可不是闲人,她忙得很。她进来通常是来找茬的,先是给门一脚,然后开始噼里啪啦地数落。田师傅边做事边听着,和骡子一样,一声不吭,等豆婆儿撒完气走了,他才彻底放松下来。

田师傅早晚会牵着他的骡子去小镇郊外散步,每次出门散步都会走很远的路,能一路走到磨山脚下。四下无人的时候,他也会像跟人对话一样跟骡子聊天,大部分是跟骡子宣泄一下心中的苦闷。

三十多年的婚姻,豆婆儿和田师傅两个性格如此迥异的人,居然能撑到现在而没决裂,秘诀就是相互忍受。确切来说,更多的是田师傅一个人在忍受。

豆婆儿一家就三口人,但她以一抵百,一个人制造的动静足以令家中每个角落都回荡着她的声音。从清晨到日暮,她在厨房里、猪圈里、后院里、菜地里、楼上楼下、大门口各个角落忙进忙出,手脚没停过,嘴巴一刻也没闲过,所到之处都会留下她的看法和意见,像是自言自语,又像是说给谁听,中心意思就是:她是家里的房梁,没有她,这个家就会塌。豆婆儿的日常变奏曲交织着喊话声、歌声、笑声、叫声、骂声。街坊邻里不用出门就知道他们家今天午餐桌上吃的什么、聊的什么。吃饱了撑得慌她就会去邻里走动走动，有时候会增加感情，有时候会增加敌人。她才不在乎什么"小吵伤情、大吵伤身"，遇事不爽，一顿吵。

左邻煤婆儿做煤球，扬起的煤灰飘到她家的门前，她也能叉起腰来吵一架："煤婆儿，我说，你晓不晓得现在刮的北风啊，你家煤灰飘到我白花花的豆腐上叫我怎么卖啊？！"

"豆婆儿，你家豆腐作坊在后门，我在前门扬，怎的我煤灰还长脚不成？！"

"怎么没有脚？？风就是它的脚！！撵着跑！"

右舍住着几个回乡创业的小青年，他们开了一家毛衣加工厂，白天录音机轮番播放着港台流行摇滚乐。豆婆儿就受不了年轻人的品位，跑到加工厂里堵着门要求切歌，她嫌曲风不悠扬。年轻人怎么肯依，也不跟她吵。只用一招就把豆婆儿劝退了："除非你同意将每日清晨腾格尔的'我爱你'歌曲换掉。"豆婆儿翻了一个白眼，转身就走了。

一个初冬的正午，她又多了一个敌人。隔壁兰香养的鸡飞过了豆婆儿的院墙,把她菜园子里长了大半个月的菠菜吃了一大片,还把一头胖猪啄得嗷嗷叫。豆婆儿尖叫着提着扫把追了一路鸡,扬言要马上把它炖掉。隔壁的兰香也不是好惹的,看到豆婆儿从门前撵着鸡跑,三秒钟就从厨房飞到豆婆儿面前,还不等她说话,豆婆儿就先怒气冲冲地告状:

"管管你家这只杀千刀的鸡,它飞到我家院子里,吃了一块菠菜地,还啄了我的猪,这不是找炖吗?你养鸡不喂鸡,这不是祸害邻里吗?"

"哎哎哎,你说话不要这么难听,莫瞧不起人啊,我喂不起鸡吗?!它是个长翅膀的东西,鸡会飞你又不是今天才知道?要怪就怪你家院墙砌得太低,连一只鸡都防不住!"兰香气势上毫不逊色。

"你要是把它喂胖点儿,它能飞得起来吗?"豆婆儿瞪圆了眼睛提高了嗓门据理力争道。

"哼!天大的笑话!怪我鸡养得不肥?你想炖我的鸡就直说,我不是小气的人!还有你们家的猪,我忍它们不是一天两天了,它们白天黑夜吭哧吭哧吃个没完,吵得我家鸡群烦躁不安,没法儿午睡,影响生长发育,我这一百只鸡少长的肉,损失岂是你一块菠菜地能抵的?"兰香也不甘示弱,嘴巴像放机枪,一双深凹暗黄的三角眼里闪着狠光。

"兰香啊兰香,你要这么胡说八道的话,那你家的鸡不长肉咋不怪咱们屋后面一天跑到晚轰隆个不停的火车呢!那音量总大得过猪叫吧?你有本事找铁路局去扯皮啊!"豆婆儿继续加大肺活量,将音高已经提到了嗓子眼儿。

"满嘴跑火车!讲不赢就拿嗓门儿压!我吼不过你!但是我警告你,动我一根鸡毛试试!"兰香一手叉着腰,一手伸一根手指叫嚣道。

二位吵得不可开交,嗓门越吼越大。围观的街坊四邻越来越多,有看热闹的,有来劝架的。双方依然僵持不下,都不给对方台阶下,最后不得不各自回到自家反手一个用力的摔门结束了这场不分胜负的吵架。

中场休息了半晌,一顿晚饭过后,豆婆儿又蓄足了能量,裹着下午没发完的脾气,为一根牙刷开始对田师傅进行河东狮吼。豆婆儿怀疑田师傅动了自己的牙刷,田师傅打死也不承认,豆婆儿不依不饶。从王河游玩回来的晓正好撞见豆婆儿发飙,得知起因哭笑不得:"妈,是我早上不小心碰掉了捡起来的。"一时间失去发作对象的豆婆儿变得很扫兴,只好作罢,要知道豆婆儿是从来不对晓发脾气的。受了冤枉气的田师傅一

门前的老槐　011

头又钻进作坊里,直到老张家的四姑娘喊他去接电话,他才慢吞吞地从作坊里走出来,嘴里嘟哝着"有什么好接的,总不是又回不来的话"。他猜的一点儿也不假,没有任何悬念,他的儿子今年又不回来过年了。他憋着一肚子气没地方发,冲着电话那头的申骂:"以后不用打电话回来了!我就当没你这个儿子的!"说完"啪"的挂掉电话就走了。

豆婆儿对面的老张家是小镇少数几家批发部之一,主要售卖烟酒副食生活用品。老张家的生意每逢腊月火爆到人山人海,老张负责开票收钱,老何负责卖货点货。还好老张生得多,各尽其用,大的负责发货搬货,小的负责守摊卖货。

一个腊月的热集,老张家的两个小姑娘在大门口临街处照例支上了摊位,整整齐齐地摆上了过年热卖的各式烟花,有冲天炮、天女散花、大黄蜂、飞毛腿等。飞毛腿就是类似手握一根长棍朝天冲的那种烟花。南方的腊月,正午暖阳下的小镇,人们居然热得能穿单衣。这天上午已经卖了大部分的烟花,摊位上只剩下零星的一些飞毛腿无人问津,完成任务的两个小姑娘无所事事地吃起了零食。她们一包接一包地吃着干脆面,没有停下来的意思,直到对面楼上的豆婆儿发出阵阵尖叫，她们才慌忙停下口中的干脆面，傻站着朝对门的豆婆儿家看热闹。越看越不对劲，直到听到豆婆儿喊出"着火了"，她们才知道豆婆儿家的二楼出事了！两孩子再朝面前的摊位一看：飞毛腿自燃了，正在不停地朝着豆婆儿家的神龛子和二楼放冲！

"啊啊啊！"俩孩子吓得魂飞魄散，赶紧把飞毛腿调转方向朝天冲，放完最后一炮礼花，她们知道自己完蛋了。豆婆儿家的神龛子救火及时，并无大碍，二楼阳台的柴草被烧得精光，所幸没有把屋内晓的房间点着。她们过去没有帮上一桶水的忙，整个火灾就结束了。

得罪了豆婆儿后果很严重，事后姐妹两个结伴壮胆提着两罐麦乳精就去上门道歉了。豆婆儿没好气地说："老张可真会指挥啊，派两个小萝卜头来挡箭，你当我傻？我不吼你们了，免得街坊邻居说我欺负两个孩子，坏我名声！我的柴都烧没了，就当是图个吉利，来年我要是没走火，我亲自上门找老张算账。"豆婆儿出乎意料的没有大发雷霆，她最后建议，下次烈日摆摊只放冲天炮之类的即可，这样自燃了也不怕，还能让大伙儿免费欣赏天女散花。

姐妹俩对这一友情提议将信将疑，心有余悸地回到家将原话转告给老张。老张说，不用等到烈日下礼花自燃，今晚就送她一个天女散花来赔不是，并预祝她来年走大火（行大运）。老张当然知道及时止损的必要性，因为依豆婆儿的个性，谁要是得罪了她，准会掀起一场或大或小的骂战，绝不会含怒到日落。只有一次除外，她的一口怒气堵到了大天亮。

那次吵架的时间点意外地发生在一个月圆之夜，堪称小镇史上绝无仅有的一次月夜下的吵群架，街坊四邻纷纷被卷入了这场骂战。他们不分派系，各自为营，合力将此次骂战推向了最高潮。

起因是一位深夜爬墙好事者，专门半夜三更爬墙蹲点儿偷听那些夜行偷鸡摸狗之事，进而当场捉奸进行敲诈勒索。结果那晚撞见了一位要钱不要脸的龌龊之徒，他不惜高声喧哗，编出更多惊天大瓜以转移视线，让众多邻里纷纷躺枪，连老的也没有放过，其中就有豆婆儿。她怎么忍得了谁在自己这朵纯洁的格桑花上喷粪呢，于是站在门口对着夜空破口大骂，誓死捍卫自己的清白。在她的带头下，一众邻里十几户的女性代表们陆续站到家门口，加入了这场没有目标的骂街混战。她们自说自话，一个比一个嗓门大，没有人能听清对方说什么。她们的声音盖过了初夏稻田的蛙鸣，盖过了疾驰而过的火车。一个被点名的黄花大闺女，论嗓门和气势都属最弱，她委屈之极，哭着要去火车站卧轨；一位为自己辩解的已婚妇女当场急得一边拍屁股，一边用力跺脚转圈圈，发最难听的毒誓以示清白；王婆婆，一个封建旧社会的小脚老太太，拄着拐杖一边用力戳地一边带着哭腔骂："作孽咯，作孽咯，王八龟儿子造谣造到我头上来了，老子两脚就要进土的人，这是要我死不瞑目咯！"

骂战进入白热化的时候，突然，街中响起了一阵悦耳的古筝声，像夏夜里的凉风，从远处的田野吹来，神奇地将这场骂战按下了暂停键。刚才还骂得热火朝天的人们瞬间止语，竖起耳朵静听琴声。那是水手的妻子，她在自家门口弹起了《春江花月夜》，优美动听的旋律立刻钻进了每个人的心房。她用实践证明了艺术的力量，把一帮寻死觅活的人不失体面地请回了家。

翌日清晨，和往常的任何一个清晨没有不同，豆婆儿照例放起了"我爱你"，田师傅照例沿街叫卖豆腐，人们有说有笑地问早安。所有人像集体失忆一样，不约而同地绝口不提昨夜的骂战，他们以为这样就能当什么都没发生过。可是谁又能想到二十多年后的今天，当年躲在自家二楼窗户上默默观战的众多小朋友之一的我却独独对此画面记忆犹新，至今仍历历在目，还居然会将这段荒唐的事迹写出来。

豆婆儿的宝贝闺女晓，终于在三十二岁那年嫁给了附近小镇的一位中年木匠。她出嫁走的那天，豆婆儿把自家准备的嫁妆——漆红的大衣柜、大席梦思床、桌椅板凳、棉被，满满当当地塞了一卡车，她坐在副驾驶哭花了妆。一辈子没怎么掉眼泪的豆婆儿，那天哭得差点昏过去。在我们小镇，大部分姑娘一旦到法定结婚年龄，家中父母就连赶带轰的，巴不得把这碗水早点儿泼出去。但是豆婆儿是个例外。

晓出嫁后三年里生了两个胖娃娃，她经常带着孩子回娘家看外婆。得享祖孙天伦之乐的豆婆儿内心也变得柔软了一些，没有那么多怒气了。尽管她很久以前就当了奶奶，可自己亲孙子的存在对于她来说只是几张过了塑的周岁照片。她的这一微妙变化勾起了从前老街坊的回忆，他们试图为她的暴躁寻找一些历史依据："豆婆儿以前没那么尖锐，自从申离家多年未回后,她的脾气才变得越来越大。"但她豆婆儿从不承认这一说法。

豆婆儿的宁静生活结束于一个突如其来的变故。一个秋天的下午,晓因为身体不适像往常一样就去镇诊所里拿药,医生说打针好得快,晓也表示同意。于是医生就给晓打了一针。晓打完针走出诊所没几步,觉得不对劲,还没来得及反应就倒在了诊所外面的大街上,死了。

这起医疗事故来得那样突然、剧烈,以至于得知死讯的豆婆儿呆滞了半天,依在门柱上,脚像焊在水泥地上一样,眼神空洞、神情恍惚,脸上没有任何表情,一句话也说不出来。原来人在巨大的悲伤突然袭来的时候是哭不出来的。直到当天半夜里,邻居才听到慢慢恢复知觉的豆婆儿在后院里开始号啕大哭,一直哭到拂晓,仿佛把这辈子的眼泪都流干了。街坊邻居听到无不泪泣。

第二天清晨,人们没有听到三洋录音机的"我爱你"。第三天也没有,第四天、第五天、第六天……都没有,以后再也没有听到了。

时光缓缓进入了千禧年，录音机也逐渐淘汰成为古董，家家户户听起了数码DVD。可是我们却无比怀念那段被豆婆儿的三洋录音机叫醒的日子。

豆婆儿花了半辈子光阴把自己活成一只骄傲的斗鸡，却只用了一天时间就把这只斗鸡亲手掐死了。晓的离世加速了她的衰老，从前油黑的头发开始慢慢变得花白，她活得像个半死的人，话越来越少，再也没见她跟街坊邻居跳起脚来斗嘴了。对连活着都费力气的人来说，更别说有力气去吵架了。只有一次例外。两年后，田师傅癌症去世了。申从深圳打电话来了，豆婆儿难掩痛苦，愤怒地举着话筒，一字一顿地对着电话那头说："老子唯一难受的是，隔着电话线，没法亲手把你一顿打死。我们卖豆腐供你读书你却偏不走正道，你以为这些年我就不知道你在外干什么吗？我用你父亲和你妹妹的骨灰发誓，只要我活一天，你就休想再踏进我的家门。"她挂完电话神情漠然地走回了家。

田师傅走后，留下了与他形影不离的那只骡子。它依旧那样固执，没有人陪它散步了，它却越发地爱上了拉磨，只有被拴在磨盘上它才觉得有安全感。它白天黑夜地拉着空磨转圈圈——豆婆儿好久不做豆腐了。她家常年大门紧闭，非必要不出门,她把自己关进了像坟墓一样的空间里,独自度过沉重漫长的光阴,一天天地衰老下去,活成了一棵毫无生命力的枯木。只有偶尔踱到屋后的豆腐作坊和那只骡子说两句话,或者在门前的老槐树下发一会儿呆,她才抑制不住泪水往下掉——终于肯在孤傲的内心向老天爷承认,无论老两口之间过去几十年有多少的猜疑和愤怒,她多想恳请老天给她一个机会去忏悔,向对方说出那句她从未对他说过的话。

门前再也没有街坊一起下象棋了,只有那棵老槐树依旧枝繁叶茂,迎着风摇曳,像足了当年那个生气勃勃、永远充满战斗力的豆婆儿。

冷　秋

五月阴雨的清晨，叶师傅又一次从噩梦中惊醒，他从床上撑起身来，定了定神，揩去额头冒的冷汗，确定自己没死之后，便匆匆起床了。也不知道这是第几次梦见自己要死了。不过很快，叶师傅马上就忘记了梦中惊心动魄的临死场景，因为等待他的是日复一日的日常忙碌，喂猪喂鸡、菜园浇水、做饭洗衣、打扫卫生。这一系列事情，要赶在清晨的太阳升到磨山顶之前做完，然后喊他那个睡得不省人事的儿子旺起来吃早饭，接着就准备去街头摆摊了。

叶师傅，具体年龄不详，也许连他自己也说不清楚，似乎我们第一次见到他的时候，他就已经是小老头的模样了——他的背部隆起一个巨大的驼峰，下巴在无限接近肚皮，长年累月只能佝偻着身子行走，所以本来就身材矮小的他又因为严重的驼背显得更加瘦小。他是我们小镇有着几十年匠龄的老篾匠，寡言少语的他手却极为灵巧，会手工编各种箩筐、篾篓、簸箕、篾篮、竹筛、竹匾、火笼、鱼笼、小手工艺品……这些均价不超过三块钱的小东西，让他终于在寄居小镇十一年零十六天后盖了一栋毛坯平房，了却了自己生平的一桩心愿。

早饭胡乱扒了两口，叶师傅就开始打包各种待卖的手工篾器了，他仔仔细细地把一摞摞篾器往车上装，码得快高过门框，再用粗粗的麻绳用力绑紧，再在车把上挂上一个小马扎，再加一个装有一壶水和两块砖头的小挎包，就拖着堆得像货车一样高的二轮板车上路了。从远处看着，尽管已经使出全力了，他却仍像一只蜗牛缓缓地爬在街头。

小镇的集市冷热集交替出现。今天是小镇街上的热集，小镇方圆十里的村民都会起早来赶集。相比于乏味的农田劳作，赶集是一件十分隆重和值得期待的事情。村妇们有的独自赶集，头上扎朵栀子花，着一身碎花衬衫、麻裤和布鞋，春光满面。有的喜欢结伴同行，她们挎着篮子，挽着手臂，有说有笑。有的村民则是骑着自行车带着孩子去赶集，小孩子坐在车杠上兴奋地踢着小脚。热集的小镇有各种早点摊、蔬菜摊、鱼肉摊、副食摊、点心摊、五金摊……人们的生活所需一应俱全。

叶师傅没有固定摊位,去得早的话,他能占据一块有利地盘。今天他就到得比较早。他瞅准一块空地就停下了板车,掏出挎包兜里的两块砖头,抵在板车的两轮后,以免车滑走;然后从车上扯出一张大的破床单在地上一铺,再依次卸下所有待售的家伙什儿,挨个儿铺满整个床单;最后扎好马扎,喝口浓茶水,拿出篾刀,开始一边争分夺秒地削竹子,一边耐心等待顾客。

而此时的旺刚刚在床上翻了个身,没有要起床的意思。事实上,他起不起来也没什么区别了,起来也是梦游。没躺在床上睡觉的时候,不是跟着小镇的地痞鬼混,就是在桥头打着哈欠晒太阳看美女。他已经十八岁了,好像也不知道成年人应该长成什么样子,依然像一个稚气未脱的少年一样。他不走运地也遗传了他父亲身材矮小的基因,所以外人和他都当自己还没长大似的。叶师傅老来得子,也从来没舍得让旺吃一点苦。旺的母亲是个哑巴,生下他后就跟人跑了,丢下他们爷俩相依为命，叶师傅又当爹又当妈地把他拉扯大。

叶师傅已经坐了个把小时了，街上的赶集人慢慢多起来，已经有顾客来挑选篾器了。叶师傅心善，从不计较，他家的东西物美价廉，引来许多回头客。他从来都不好意思吆喝，只是默默地继续削着竹皮，为下午的编篾准备好材料，不时抬眼看一下过往的行人。

旺吃过早饭也邀着一帮小青年准备去街上玩耍了。今天，他们要去的是街头阿星开的音像店，打算租点影碟去勇家看电影。他们穿着喇叭裤，有的头发梳得像狗舔，有的梳成郭富城的发型，一个个叼着烟在人头攒动的街上晃荡。路过叶师傅的摊位，同行的小青年拿胳膊肘拱了拱故意视而不见的旺，"哎，哎，你老头儿在这儿呢！"

旺十分不耐烦地说："管他呢！莫拱老子！"

"我的意思是，你去要两个钱，晚上台球室你请客啊！"说着一把把旺推到了叶师傅的摊位前，几个人就嬉皮笑脸地先跑掉了。

"给我十块钱！"旺一边用一只脚踢着地上的筒箕，一边说着，看都不看他爹一眼。

"哦，要这么多钱去做啥子呢？"叶师傅停下手中的篾刀，望着他的脚说。

"少问这么多，我反正有用，快点给我！"

"孩子，要学好啊！莫在外面瞎玩啊！"叶师傅抖了抖工作围裙上的竹屑，拉开围裙里面的腰包，从里面找出了两角、五角、一块、两块的纸币凑了十块钱，递到他的手上说道。

"莫废话，我晓得！"旺一把抓走那一堆零钱撒开腿就跑了。

阿星的店没到，旺已经在百米开外听到了录音机里播放的《潇洒走一回》，他欢快地踩着节奏跑到了店门口，跟他的同伴会合后就进店去挑影碟了。

"星哥，最近有什么新上的影片吗？"旺趴在柜台上问。

"多啊，最近周星驰、周润发的好看哇！《逃学威龙》《赌神》《英雄本色》这些被人租得最多！"阿星笑着说。

"好呀！我都租了！"旺给了一块钱，揣着几张影碟就跟几个小青年走了。

冷 秋

他们离开音像店又一起去街头买了一堆烤串儿和零食，坐在台子湖中学门前的桥墩子上，一边甩着腿，一边吃着烤串儿。六月的暖风吹来了校园里合欢树的花香，几个小青年吹着口哨唱着歌，愉快的声音随着桥下的河水一起荡漾。他们接着抄田间小路一起去勇家看了一下午的影碟，晚饭后又邀了一帮哥们儿去桥头的地下游乐厅打台球。他们一杆子一杆子地把旺的十块钱杵得精光，才揉着眼睛半夜三更摸回了家。

这就是年轻时旺的一天。旺初中还没毕业就辍学在家混了，这样浑浑噩噩的日子一直持续了三四年。

烈日当空，正午过后的小镇集市即将散集，赶集的人都慢慢回家了，散落在街道两旁的各个摊主在慢慢收拾东西准备收摊。叶师傅也打包好货物准备回家了。今天，他一共卖了十二块钱。他拖着板车急急地赶回家喂完猪和鸡，潦草地吃了一碗上午的剩饭就赶着出门去买竹子。卖竹子的厂子在乡下，他得包个三轮车才能拖一车竹子回来。一下午他都在外面选竹子买竹子搬竹子，等把一车竹子卸下来扛到家的时候，天已经快黑了。

初夏的傍晚，大多数的街坊邻居吃完晚饭都会摇着蒲扇，坐在门前的月下乘凉话家常，都不用聚在一起，对着街道坐在自家门口就能聊得热火朝天。没天聊的邻居也不寂寞，把黑白电视机抱到大门口一放，引得不少孩子的围观，小镇电视台轮番上演了香港经典电影和当年的热播剧。夜晚的街道是孩子们童年的游乐场，精力旺盛的他们在街上追赶跑跳蹦，扛着锅碗瓢盆当锣鼓，拿着棍子敲得震天响，一边敲一边齐声唱着："伢们的，出来玩，莫在屋里候夜饭！"

此时此刻，谁都忘了有一个人既没工夫闲聊，也没工夫乘凉，他就是叶师傅。他把自己关在满是蚊子的屋子里，躬着腰蹲坐在昏黄的灯光下，一双手一刻不停地一根根地拽着篾片编箩筐。

隔壁的老何端着碗路过他家门口，对着屋内的那个驼峰说："叶师傅，又在家里喂蚊子呢？"

"嘿嘿，我老了，皮糙肉厚的，不怕咬。"叶师傅笑着腼腆地答道，手里继续编着箩筐。

"丢一天不编不行啊？"老何往碗里扒了一口饭笑着说道。

"不行啊，我老了，得争分夺秒地编，好多攒点钱把我家的二层楼给加起来，将来好给我的旺娶媳妇儿用呀！"叶师傅礼貌地答完，又接着编了。

给旺做房子，是叶师傅此生的第二桩心愿。为了多挣钱，叶师傅也经常跑到小镇的百年老街上去摆地摊，偶尔也能卖个几块钱十几块钱。也会找机会去给人家当当小工，比如谁家做房子，他去帮忙搬搬砖、提提灰桶。隔壁老张家开的批发部经常隔三岔五拖一卡车的汽水、啤酒、货物等运往仓库，需要雇用搬运工，叶师傅也会央着老张给个小工的机会来搬货。老张怜惜他一把岁数，一米二出头的矮小身子，连车身都蹬不上，再压一箱货，不出一年下巴就贴肚皮了，老张不让他搬重物，给他一份帮忙干点清理仓库的轻省活儿做。叶师傅自知受到照顾，很是珍惜，却良心不安，一直默默地把仓库的角角落落打扫得干干净净才放心地接过工钱。

终于攒足了二层小楼开工的钱后，叶师傅旋即请来一群泥瓦匠来加层了。工期持续了一个月，虽然也是很简陋的毛坯房，但是就这还是他攒了七八年的血汗钱做起来的。这边天台的通铺终于不用因他一家凹下去的小平房而被人另眼相看了，叶师傅仰着脖子看看自己的心愿又了却一桩，不由得眼里泛着泪光。

而这一切并没有让旺醒悟过来。叶师傅仍然一如既往、无怨无悔地去照顾旺的生活，满足他不过分的要求。本来叶师傅寄希望于做起二层小楼，将来旺娶媳妇儿后能归正，可后来发生的事就彻底让他打消了这个想法，看来成家立业行不通了，再这样混下去，怕是连媳妇儿也讨不到了。那夜，叶师傅在家编筐编到凌晨，撞见深夜买醉归来狂吐的旺，气得青筋暴起，举起竹片就抽旺："养不教，父之过！老子怎么养了你这个好吃懒做的废物！成天就知道瞎混！你爹我没读多少书，也活了大半辈子了，基本的做人做事原则还是要的！你看看你，哪像个年轻人，一身酒气、烟味，你不学好，你能这样混一辈子吗？老子死了呢？你拿什么来养活你自己？！你从明天起，跟老子老老实实学做篾匠！"

旺才看不起篾匠呢！指望他睡完一觉之后重新做人那是天方夜谭。旺继续混吃混喝没多少时日就跌进了二十岁的门槛，他才逐渐发现，身边的小青年、小混混，一个个不是有对象了，就是去深圳打工去了。他人生头一回有点儿无所适从了。老父亲的竹篾没把自己抽醒，倒是自己在同伴压力下幡然醒悟：确实得干点儿啥了吧。他想到的第一个就是去深圳打工。深圳这名字听起来就欣欣向荣啊，一定能干一番事业！于是他找到隔壁的小茅司，还有一个无业小青年耀，共同密谋一场南下打工的计划。他们分头筹足坐火车的路费和路上吃的干粮就一起南下了。第一次坐火车的他们最初是兴奋的，结果旅途的漫长和难受让晕车的旺从湖北吐到湖南，终于把肚子吐空了，挨到了终点站，整个人都虚脱了。

先在这边落脚的勇来火车站接的他们。都是一群无依无靠的人，没有钱、没有文化、没有技能，只能去流水线和最基础的服务性行业。小茅司身材高大，体格健壮，会格斗，当了一个厂了的门卫，负责早晚两班倒的看门工作。耀于脚也算麻利，被玩具厂招去流水线组装零件了。只有旺，身高一米四不到，去哪儿都像个童工，都没人敢招。粗活儿细活儿都不合适，处处碰壁，在他几乎都要放弃的时候，一个在高尔夫球场里当只负责捡球的球童工作让他总算免于当天睡大街的悲惨下场。

一向散漫惯了的旺一天到晚捡球当然吃不消，但是这里管吃管住——否则就得流落街头啊，旺咬牙坚持了几个月直到凑齐了返程的路费和些许余钱，一个人悄悄坐上绿皮火车回小镇了。返程的途中，他望着窗外一望无际的天和地，泪流不止，眼泪从华南淌到华中，体会到挣钱不易和自尊的被践踏，论捡球，他还不如狗擅长。

得知旺要回来的消息后，叶师傅就忙着托媒人帮忙给他找对象了。旺的自身条件不好，媒婆儿故意刁难叶师傅，不断加价，叶师傅都咬着牙一一答应了。媒婆儿终于做通了小镇周边村落的一户人家的思想工作，同意安排一次正式的相亲，相亲之日安排在旺从深圳回来的一周后。

旺的相亲对象是一个长相文静的姑娘，瘦高的身材，眉眼弯弯，话虽不多，脸上却一直挂着笑，初次见面给旺留下了不错的印象。旺和她的相亲在媒婆儿的安排和监视下快速地结束了，旺意犹未尽地送走了她们。从未恋爱过的他那天发现自己的心似乎被人带走了。

在外漂泊了半年的旺开始慢慢去接受自身条件的局限、横竖还是要学门手艺的事实，他开始每天跟着叶师傅从最基础的学起。不学不知道啊，小小的竹筐看似简单，居然需要十几道工序，过去篾匠拜师学艺三五年才能学成，旺才知道学门手艺有多难。选竹、剖竹、锯竹、刮竹、劈篾、匀篾、刮篾、编篾、锁口……这一系列工序的繁杂、精确和细致超乎想象。每一根竹条都是经过测量的，每一个编洞都要求等大，不同的过筛器物洞的大小都有讲究，编篾的每一个细节都不能错，每一个花纹图案的走编顺序不能乱，否则一步错步步错，导致前功尽弃、重新来过。竹编工艺要求手艺人绝对的心无旁骛、凝神专注、耐心细致，这对于初学编篾的旺来说简直如坐针毡、苦不堪言。亲自动手去做了，才知道编篾的过程看似轻巧，实则无比复杂困难，且不说准备工作耗时良久，单是每日的皮肉之痛就已经让年轻人咽不下这种苦。比如拿篾刀劈篾时会不小心劈到手，刮竹、剖竹、匀篾抽丝时经常被竹条划得鲜血直流，有时也会被竹刺刺入手指肉中，编篾时经常借助牙齿咬篾，有时会把嘴唇割破，弄得满口是血。他这才注意到老父亲的一双手布满了老茧，这是受过多少伤、流过多少血才练就了这么一双刀都割不破的老茧手。

媒婆儿的电话打到老张家，已是相亲半月后的一天。叶师傅和旺赶来接的电话，媒婆儿的嗓门儿不按免提都能听到："女方同意交往了，处得合适就可以订婚了！我问她觉得旺怎么样,她说好。问她那就处对象怎么样,她说好。我说那要不改天你们再碰头聊,她笑着说好。"叶师傅喜出望外,觉得我儿成家有望了。旺也暗自高兴,嘿嘿笑个不停,他期待着和英的再次会面。

第二次的会面地点安排在小镇的景点之一——王河。这次的会面,却让旺有些沮丧。聊得多了,英的破绽逐渐暴露出来,她说话吐词含混不清,思维极其简单幼稚,智商还停留在小孩的水平,不聋不哑,就是有点傻,一张秀气的脸上总是挂着天真的笑,说白了,就是一个傻姑娘。除了进行一些简单的日常问答之外,旺基本上没法儿跟她做正常和深入的聊天,只能陪着她尴尬地傻笑。于是两个人在王河里玩了一会儿沙子就结束了这次会面。

回家之后的旺把实情告诉叶师傅后,老父亲先是沉默了一会儿,手里劈着篾,思考良久,叹口气说:"只要人家姑娘心肠好,四肢健全,人勤快,肯跟你过日子,就是咱的福气。咱家条件不好,你自己这些年也不争气,人家还没嫌弃你就算好的,你别太挑剔了。"旺辗转反侧,头一回为自己的人生大事一夜未眠。

想了一夜，他妥协了。

女方父母在订婚聘礼上大开狮子口，价位高出叶师傅的承受范围，他只好再托媒婆儿帮忙走一趟，把这桩婚事的聘礼谈到合适的价位。收了佣金的媒婆儿立刻变成能说会道的谈判专家，直击对方痛点，三言两语把女方家长说得连连点头，当场降价。

婚礼终于提上了日程。旺和英的婚礼在小镇的家里热热闹闹地办了两天一夜的酒席，从来不苟言笑的叶师傅这两天开心得合不上嘴，他也头一回放下手中的篾器，人前人后地端菜、递烟、敬酒，头一回举着酒杯和远近亲友、街坊四邻开怀畅饮、一一致谢。婚礼结束的当晚，叶师傅一个人蹲在门口的石墩旁默默抽泣，他想起了过去爷俩相依为命几十年吃的苦，不由得感叹苦尽甘来。他太激动了，终于，终于等到这一天了，我儿子的终身大事终于完成了。

叶师傅只剩下唯一的一桩心愿了——就是把毕生的篾匠手艺传给儿子。一个编篾的深夜，他对灯下笨手笨脚的旺说："孩子，你爸老了，身体一年不如一年，你现在已成家了，按理来说应该懂事了。平时我不多言，是怕你烦，今天想多说几句，我怕再不说就来不及了。你要学好手艺，不能贪图安逸，不能朝三暮四、三天打鱼两天晒网。你老子我当了一辈子篾匠了，发现要做好一门手艺无非就是坚持住这几样，那就是一定要吃得了苦、受得了伤、静得下心、耐得住寂寞，最后你会发现编篾也很好玩的，要在苦日子中找到甜哪！"叶师傅觉知自己身体日渐衰弱，更是夜以继日地手把手教旺，生怕毕生所学后继无人，被自己带到坟墓里。

婚后的英，虽然头脑愚钝，少言少语，但总是脸上堆着笑，勤俭持家，手脚麻利，舍得吃苦，做饭洗衣、打扫卫生、喂猪喂鸡样样干得好，有了她，家的里里外外更像个样子了。她对旺也是体贴周到，旺也慢慢开始接受并感激眼前这个并不完美的妻子。叶师傅看在眼里，喜在心里，觉得是老叶家的福气。

又是一年端午节，在我们小镇，端午节对于新婚夫妇是极其重要的节日，又称"女婿节"。这一天，女婿要备上肉、桃子、鸡蛋、鸭蛋、粽子、糕点等作为吉祥礼品，带着新婚妻子去看望娘家父母。这天一大早，旺和英准备去娘家送端阳了,他们此行决定多逗留几天,让英多在家玩两天。话别了老父亲,他们就骑着自行车出发了。叶师傅把他们送出门,目送着他们骑得很远,直到他们消失在街头的拐角处……旺欢快地蹬着自行车,感受到一种前所未有的甜蜜负担。英坐在车后座,提着大包小包,乐呵呵地踢着腿。小两口一脸幸福地迎着风穿行在小镇周边的乡间小路上。

一个人在家的时候,叶师傅的生活极其简单,除了吃饭喂猪喂鸡,他就一直坐在那里不停地编啊编,一直编到深夜也不知疲倦。翌日清晨,一个再寻常不过的清晨,后院的鸡叫了三遍,叶师傅才从睡梦中醒来,时钟指向了五点半,该起床了,想着今天还有几个箩筐锁口完就可以完工了,下午还要去买竹子。简单的洗漱完毕后,他习惯性地走到了屋后的茅厕,打算方便完后就开始喂猪喂鸡,结果这一进去便再也没有出来。两三天了,叶师傅家大门紧闭,个别细心的邻居发现有些异样:旺外出多日,却一直不见叶师傅出门,按理说他不用去送端阳啊。于是敲门大声喊他,敲了半天没人开门,越发觉得不妙,于是找了几个大汉破门而入,满屋子喊人无人应。上下两层遍寻不得,最后在屋后的茅厕找到了他,身子已经硬了。叶师傅突发脑出血没起来,倒在粪坑里，死了三天了。他生前梦见自己死了那么多次，一定怎么也想不到自己最终是这样惨死在粪坑而三天无人知晓……

叶师傅死后，旺的日子愈发难过了，篾匠手艺只学了个皮毛，论技能，还远远达不到老父亲对他要求的那样。他头一次感觉到原来那么瘦弱矮驼的老父亲却如山一样伟岸，父亲就是天，用一双长满老茧的手撑起了整个家。他摸着父亲用了一辈子的篾刀、锯、尺，上面因为长年使用而变得光滑透亮，他看着父亲留下的一车子篾器，悔恨、愤怒、痛苦、绝望……交织在一起，让这个曾经看不起父亲的人在无人的深夜里再也控制不住自己，他捧着老父亲的遗像号啕大哭……

英怀孕四个多月了，傻乎乎的她哪里知道呢。直到肚子略微凸显，敏感的邻居君提醒旺带着英去卫生院检查一下才确认是真的。新生命的即将到来给旺增添了更多的希望和动力，也多少冲淡了家里丧父的阴霾。他越发勤奋地去编篾，屁股开始能坐得住了，有时候能坐着编一天。每天干劲十足，十多道工序每天循环练习，不会的技法就自己慢慢摸索和钻研，手艺心得日积月累，熟能生巧，后来他也能编成有模有样的篾器了。子承父业，他慢慢捡起老手艺的同时，也在为一家人的糊口问题不停奔走，除了日常的出摊卖篾器、在家编篾之外，他还要利用一切机会去找点散工做，就像他的老父亲当年一样。有时候他会去工地修房子、去砖厂搬砖，有时候帮忙隔壁君家的猪厂喂猪，也给隔壁老张的仓库帮忙卸货、搬货，在夏天偶尔帮茅司跑车售票，在冬天骑着三轮在冰天雪地去送柴炭……看到旺如今的变化，邻居都感慨万千，谁也想不到，曾经那样好吃懒做的无业小混混，终于有天也能像个男子汉一样撑起一个家。

旺的儿子出生了。生完孩子的英变得情绪阴晴不定，有时候突然大哭，有时候突然大笑。她还是像个傻姑娘一样，甚至都不知道发生了什么，她不知道当妈意味着什么，也不知道什么叫作母爱，她理解不了抽象的概念，诸如感情、义务、爱、责任等。她的世界有一套机械的日常程序来支配她的行为和习惯。对于孩子的吃喝拉撒睡她都会料理，唯独没有爱，没有感觉。旺当然知道，他虽然苦恼，但也是意料之中，他早已学会隐忍生活抛给他的任何难题，只能自己在孩子身上倾注更多情感上的呵护，像童年时他父亲对他一样。他总是自我安慰：我比我父亲还是享福了呢，他当年养我是既当爹又当妈——亲生母亲连喂奶都没喂，扔下没满月的他就跑了，更别说有母爱了。

儿子长到两岁的时候，英意外地又生了一个女儿。旺越发地忙到不成人形了。生意越来越难做了，商品经济时代的社会，大机器生产极大地提高了生产力，对传统手工艺造成巨大冲击，人们的生活物资日益丰富，那些农耕时代人们业已依赖的农用竹编器物逐渐退出了历史的舞台，取而代之的是更加物美价廉的塑料制品、不锈钢制品。若非对传统手工艺的执着和热爱，竹编制品几乎鲜少有人问津。这一时代巨变给旺的打击无疑也是致命的，他怎么也没想到，自己辛辛苦苦守住的老父亲留下来的竹编手工艺事业即将被时代的洪流击溃。面对两个幼小的孩子，还有家徒四壁的窘境，他又一次跌入了绝望的谷底。

他走投无路了，想到了五年前去过的深圳，他决定再试一次。谁能料到，这一去，几乎把他判了死刑。

他去深圳找到了一个电子加工厂的流水线工作，英带着孩子去娘家住了，她一个人根本没有能力照顾孩子，旺就定期寄钱回家。结果，出去打工不到半年，旺就在车间晕倒了，送到医院一查，肺癌晚期。他顶着病痛再一次默默返回了小镇，他痛苦到极点，可是这次他在火车上却怎么也哭不出来。

回到家的旺与走之前的他简直判若两人。他的整个脸都快黑了，瘦骨嶙峋，瘦成很小很小的一片。他坐在无人的空旷的家里，望着自己父亲的遗像发着呆，又想着自己两个年幼的孩子即将也没有父亲，终于，憋了一路的泪水再也忍不住，不停流，不停流。他在内心无声地呐喊："是不是因为年少犯的错偷的懒，所以老天爷要加倍惩罚我呢？"

旺的患癌消息不胫而走，街坊四邻都来送吃送喝送钱。旺拜托老张打电话给英的娘家，把孩子送回来他要看看。丈母娘把孩子很快就送回来了，她像甩包袱一样丢下孩子就打算马上走了，临走时去旺的病床前扫了一眼，说道："英不来了，跟了你也是我们家倒霉，你现在这样，我是没办法再把她交给你了。孩子，我知道你命苦，但是你也要替英着想。你们以后就散了吧。"

英的母亲自作主张地口头宣布二人离婚后，转手重新把闺女打扮成了一个黄花大闺女，去赴下一段相亲之约，成功拿下一个四十多岁的单身汉，并将高价聘礼收入囊中，还荒唐地举办了一场热热闹闹的婚礼。单身汉不傻，不出一月便识破骗局，发现自己花大价钱娶了一个傻瓜不说，还娶了一个育有两孩的已婚妇女，还他妈的犯了重婚罪。他气急败坏地把英暴打一顿，把她打回了家。从此英就更加疯疯癫癫了。

旺直到死也没有再见到英。他不恨她，反倒可怜她，而此刻他更可怜两个孩子，可是没有办法了，人生太苦了，他却如此眷念，不忍离去，他还没有等到孩子长大就要早早死去，他不甘啊！他看着两个面黄肌瘦却一脸天真的孩子，干涸深陷的眼眶里又涌出了泪水……两个小家伙当然不知道他们最爱的爸爸即将很快死去，哥哥蹲在病床前摇着爸爸的手臂吵着要爸爸起床带着他去街上买玩具枪，刚学会走路的小妹妹牵着哥哥的衣角跟在他屁股后面咯咯咯咯地笑着……

旺死的那个秋天，格外阴冷，十一月的冷风嗖嗖地卷着街道的落叶，在小镇的上空呜咽，鸟雀在光秃的枝头悲鸣，街坊邻居对他的离去无不痛惜流泪，大家一起出力办完了他的后事，又轮流周济可怜的两个孩子。最后，两个孩子被镇政府收养了，他们被送到了福利院，和一群孤儿、老人一起生活，政府承诺一直供养着两兄妹直到大学毕业。

直到生命的尽头

据小镇的养殖个体户兰香本人所述,若不是二十五前一场错误的相遇把她带到这样一个贫穷破败的小镇,此刻的她应该是一个寓居于某繁华都市里养尊处优的富太太,而不是现如今饱受生活蹂躏的小镇大妈。她不恨自己,也不怪别人,只将一切的遭遇归结于一个叫命运的东西。为此,小学没毕业的她突然有一天心血来潮决定提笔来撰写一本名为《命运》的人生大书。

开头是这样描述的:

我,是一个孤儿。三天丧父,三岁丧母,逃过难,讨过饭,辗转多省,颠沛流离,后被外祖父母收养。当年,我的母亲因为违抗父母之命,执意要跟一个穷小子相爱相守一辈子，隐居山村后与家族失联，直到客死他乡。我与外祖父母千里认亲后，过上了锦衣玉食的短暂生活。我的外祖父是当地数一数二的大财主，坐拥当地两条街的店铺，那个年代全国闹饥荒，人人饿饭，我却顿顿吃肉。就拿学数数来说，人家娃都是用石头数，我是用糖果数。天资聪明的我却最终因为"文革"和外祖父被抄家而止步于中学学堂门外。外祖父的一个朋友是部队高官，其爱孙和我青梅竹马，我俩情投意合，甚至快到私订终身的地步，命运却为我和现在的丈夫精心安排了一次错误的相遇。时光仿佛倒流，母亲的命运在我身上毫无征兆地再次上演，推着我去做出了同样的选择。错失这段姻缘，不仅让我与外祖父母的家族关系彻底决裂，也让我与发小各自走上了不一样的人生结局。那位部队高干子弟后来转业做了年产值过亿的煤老板，而我现在却沦为一个可以为一毛钱的鸡蛋跟人家吵一个小时架的小镇大妈。

这本书开头写了一页不到就搁笔了，后面的稿纸被鸡粪糊了，索性被扔进了一个结满蜘蛛网的破斗柜里，被无情的岁月封存多年都未见天日。她并没有交代当年怎么和现在的丈夫相遇并结合在一起的，我猜她一定是每回忆一遍，都恨不得穿越到二十五年前去狂扇自己大嘴巴子，后来直接就写不下去了。我猜是的。一定是的。

兰香初到小镇时，是在一个阳光明媚的三月。那时的她刚刚生完第五个孩子不久，拖着满身的疲惫，背着褴褓里的娃，赶着一群饿得嗷嗷叫的猪，从农村老屋出发，走了八里地，来到了桃花盛开的磨山脚下，一路找到在小镇粮管所工作的丈夫老三，打算与他商量一个比较现实的问题：家里已经穷得揭不开锅了，你得告诉我怎么才能糊这么多张嘴巴？

老三，受过传统的家庭教育和良好的学校教育，那个年代算是小镇里有文化的中年知识分子，一辈子踏实工作、正直为人。高中毕业后便参加工作了，几年后又被国家分配到了小镇粮管所当一名普通的会计。那时的他已经在单位干了十几年了，带三个大点儿的孩子留在小镇读书，周末回老家和一家团聚。兰香自结婚后便一直留在农村种田、养猪、生娃、养娃、再生娃。这天，她不等老三回去，自己拖娃赶猪地跑到老三单位来跟他提前周末团聚了。

老三望着眼前一群哇哇叫的猪和娃，还没来得及思考它们是怎么做到走坟地、过国道、翻磨山、穿涵洞，行走八里地居然一个没走散,就被兰香更紧迫的问题逼得头皮发麻。他每月 27.5 块钱的工资,除掉担负一家老小的吃穿住用、供三个孩子读书之外还得贴补二十多头猪的伙食,真的所剩无几。他家的猪和娃都太能吃了,一天三顿干的都喂不饱。每到夜里,充斥着满屋子的猪叫和娃的啼哭声,把兰香吵得神经炸裂,她终于在忍受了多年的失眠的一个深夜痛下决心,一定要将这一张张一天到晚缠着她吵着要吃的嘴巴们亲自送到那个坐在办公室仅靠算算账就能轻轻松松过一天的丈夫面前,让他来告诉她该怎么办。

"说说吧,你打算拿这一群张着嘴巴要吃的饿狼怎么办?"

"丢不丢人?把一群猪送到我单位是要让我丢饭碗吗?"

"我要不亲自送来,你是不是忘了家里还有一群满地爬的孩子和猪啊?"

"天地良心,我每个月 27.5 块钱,只给我留了饭票和打杂的钱,其余全部上交,我真是忘得蹊跷!"

"是的,所以可以一个月都不回一趟家吗?你有想过同时二十多张嘴日日夜夜缠着你要吃的场景吗?"

"我最近没回那是因为公务出差，我得服从组织安排，我也没有办法啊。"

"你就说吧，打算怎么办吧？"

"把猪卖掉。"老三信誓旦旦地说。

"卖掉之后呢？"兰香步步紧逼。

"先卖掉再说。"老三也无可奈何。

当日，老三反手就把一群猪送到了屠宰场，那一天的屠宰场血流成河，杀猪的惨叫让兰香心惊肉跳，和每个日夜缠着她要吃的嗷嗷叫声截然不同。

不养猪了，该干点儿什么好呢？一生要强的兰香绝不给任何人机会来剥夺自己勤劳致富、自食其力的权利。她在心底将自己多年的养猪失败经历默默复盘一番：养猪最大的问题就是成本高、产量低、叫声大、劳神又费力。她把天上飞的、地上跑的、尚被人类驯化的家禽界和家畜界的各位动物朋友们数算了一下，得出来一个让她一拍大腿的决定："养兔子！就养兔子！我属兔！我怎么把世界上这么可爱的小动物给忘了呢！"兔子凭借其惊人的繁殖能力和吃草的低养殖成本，以及天生安静温和的特质深得兰香的青睐。

说干就干。她便拿着一部分卖完猪的钱在丈夫单位对面废弃的厂房租了一大套公家的 200 平方米大厂房，搭好兔笼后，又去山里购了五十只兔子。她默默畅想了一番光明的"钱途"：不出两年，她的兔子产量保守估计得有五百只，四年后，得有成千上万只，六年后她就会成为小镇首屈一指的养兔大户，那个时候就坐等数钱了。想到这里，她长满雀斑的脸上不由自主地泛起一丝得意，一双生动的三角眼里放着光，仿佛看到远处闪闪发光的金币在向她招手。她一边麻利地安排兔子们各回各笼，一边打扫厂房偷偷为自己的机智笑出了声："这么容易赚钱的买卖怎么整个镇上没有一个能人想到。我真是能啊。"

热情总像龙卷风，来得猛烈，去也匆匆。

兰香也不例外。她的蓝图里画满了指数级增长的繁殖力和滚滚财源，唯独没有把实现这一过程需要的劳力成本和智力成本考虑在内。比如：每天早上清理粪便尿迹、残叶烂菜，打扫兔舍卫生得花两个小时，兔子吃的青菜绿叶得每天从磨山上跑两个来回采摘，跑了三天就把兰香的热情跑得只剩下一半，累得精疲力竭。"亲娘的，差点把老子搞死了！"

她背着一大筐兔儿草，热得汗流浃背，坐在磨山脚下直喘气。她发现养兔并不比养猪轻松，而且比不上猪的皮糙肉厚，兔子天生娇弱敏感，照顾起来，要更加心细，这简直是兰香一生的死穴。一直以来，她都错把粗枝大叶当成自己不爱斤斤计较的美德，但是这个她引以为傲的美德简直能要兔子的命。

清理兔笼不及时、不彻底直接导致部分小兔子患上皮肤病。喂食不定时、不定量，一部分娇弱兔子食用过多绿草开始腹泻不止，腹泻的持续又会带来兔舍污秽的恶性循环。一周后，因上述原因死了上十只兔了，兰香有点慌了。照这样下去别说赚钱了，五十只兔子一个月内都要死绝，还把本钱赔得精光。

她小巧的脑壳灵机一动，又想出一招。她决定进行一系列改良措施，以期提高养护效率。一、改圈养为散养，每天减少爬山次数，放兔子自由在后院草地上吃喝拉撒玩乐。二、辅以兔饲料喂养，减少易致腹泻的青草绿叶摄入。三、改清扫兔舍为水管冲洗，在每天圈养的时候统一拖出去冲洗晾晒，快速又干净。两个多月后，这些改进看似增加了养殖成本，但是的确大大节省了人力，提高了养护效率。她掐指一算，还有两个多月该有一波繁殖小高峰，一想到未来数钱数到手抽筋，她不由得又咧开嘴偷偷笑了。

两个月后，她肉眼见证了兔子惊人的繁殖能力，那一群争气的兔子把大自然赋予它们的旺盛精力全部集中到了繁衍后代这项本能上，生了一窝又一窝。兰香喜出望外，乐得合不拢嘴。她吐着口水清点着一窝窝的大兔子小兔子，像点钱一样，一只都不放过，1，2，3，4，5……她来回数了三遍，最终确认：总共108只！太好了！她激动地又把未来畅想一番。

夏日悄然而至，小镇进入酷暑的七月，白昼变得漫长而燥热，气温居高不下。兔子越来越多，吃得越来越多，拉得也越来越多，清理卫生的任务越来越繁重。兰香索性也不把笼子拖出去洗了，直接就地清洗，整个兔舍就像一个潮湿闷热的蒸笼。兰香心里想：再养胖几斤，入秋就卖掉一批。

兰香没有等到它们长胖几斤，等来了横尸遍地的暴死景象。所有的兔子中暑而死，一只活的都没有。眼前的一切

让她犹如遭受晴天霹雳，一声惨叫后便昏厥倒地。

在小镇的家里挺尸了两天后，兰香渐渐缓过劲来，她呆望着天花板，躺在床上号哭，只叹自己命苦倒霉！她是不可能也不会去想明白这中间到底是哪个环节出问题了，只能笼统将一切的遭遇归咎于命运，这样她就能更加理直气壮地把自己的责任推得一干二净，还能扮演一个受害者角色。若不是看到自己满地爬的两孩子吃屎，她本打算还在床上号两天的。她一骨碌爬起来，逮着一个吃屎的孩子就拿脚死命踹，把对生活的怒气和怨气全都撒在两个哇哇大哭的孩子身上。老三跑得快，在她发作之前就早早躲到屋后远远的稻田埂上抽烟了。正值中午放学时间，他在放学回家的必经之路上陆续等到了他的三个孩子，一一拦住，"走，孩子们，爸爸今天带你们去我单位食堂吃好吃的！"几个孩子高兴地拍手称好。那天中午的美好午餐氛围格外祥和，孩子们吃得十分放松。

老三显然还是低估了兰香的惊人爆发力和内在能量。这场注定要爆发的血雨腥风，其威力和破坏力并不会因为他的躲避而受到一丝一毫的减损，只是时间上有所推迟。兰香就是家中的晴雨表，她随时决定家中的气象变化，晴天里的一声惊雷、暴风骤雨后的晴空万里在他们家是司空见惯，一家人常年生活在冰火两重天的环境里。

这天夜里,积蓄了多日的怨气和愤怒终于在一家七口全部到齐的情况下准时爆发了。就像憋了许久的闷热天空焦急等待着一场狂风大作、雷电交加的暴雨降临。她的发作一开始就直奔主题,不停抱怨自己的命苦不易,竭力痛诉老三的铁石心肠。她满屋子每个角落穿梭,边收拾东西边骂,她说:"我每天从睁眼忙到闭眼,一刻不停地围着家里和养殖场转,脑壳已经忙得坏掉了。每天总有那么多事要做,总有那么多事要操心,每一个都不省心,老的躲我、大的逃学、小的吃屎、兔子死个精光,这个破败的家全靠我一把瘦骨头撑着,你们一个个狼心狗肺,从来没有哪一个人跑过来哪怕是假装关心一下我:'妈,你的腰怎么直不起来了?''妈,你的眼睛为什么肿得像鱼泡?''兰,你今天心情好不好?''兰,你腰疼好点儿了吗?不要累坏了自己。''兰,最近兔子长得胖不胖?'没有!一个都没有!你们一个个都觉得我是铁打的,我就算是你们家里的一个长工,是不是也得有告假的时候?叫花子还有三天年假呢!全世界人都可以休息,唯独我不能休息!哦不对,我是可以休息的,你们现在谁给我一砖头,我现在就可以躺在棺材里面好好休息。"

她的音调时而高亢激越,时而阴沉幽怨,一会儿踮起脚指着老三的鼻子谩骂,一会儿一屁股坐在地上号哭。几个大孩子如同惊弓之鸟都躲在卧室帐子里大气不敢出一声。一个小孩子不懂事,一边认真地啃一块冷掉的饼,一边圆睁着忽闪的大眼睛,看着妈妈的脚扫过来、扫过去。最小的娃已经困得呼呼大睡。老三像一尊石像焊在客厅的椅子上,已经两个小时没有动弹了,他面无表情、一言不发地低着头听着兰香从家里四面八方传来的哭骂声。突然,兰香一个鬼影儿闪到老三的跟前,一双衰朽的眼睛盯着他问道:"猪也卖了,地也没了,兔子也死了,钱也没了,你告诉我,接下来,我们该怎么办?"

"你想怎么办就怎么办吧。"老三叹息道,一脸的无能为力。

"我脑筋已经坏了,我不知道怎么办。你是家里唯一的男人,你来告诉我。"

"我真不知道。你爱咋咋地。看在孩子的份儿上,停止吧。"

说着他便起身慢慢回到了孩子们躲着的卧室,安排他们睡觉去了。

兰香一个人气得浑身发抖,在黑夜里瘫坐在地上好久好久，她没有力气骂了，也没有眼泪流了，她的战斗力已经被自己的怨气和恨意击垮了，只有无边的黑暗和孤独紧紧包裹着自己。她也不知道最后自己是如何使出浑身解数挪进卧室去休息的。只知道第二天早上醒来的时候，自己已经在床上了。

每发完一通大脾气，兰香都累得精疲力竭、元气大伤，像是被人猛揍了一顿。事实上，谁都不敢动她一根汗毛，哪怕是顶一句嘴。她睡着就狂打呼噜，雷都打不醒。醒来就瘫在床上半睁着眼睛恨天怨地，整的动静不知道的还以为她得了绝症。瘫在床上的这几天，老三每日三顿饭送到床前，她看都不看一眼，扭头继续有气无力地哼唧。老三刚转身，她一骨碌爬起来把饭三两口就扒个精光。演完了三天的苦情戏码之后，兰香的战斗力恢复如初，接下来就是她开始各种找碴儿的时候了。这不，一大早上，老三提着一壶滚开的水壶，在屋子里转进转出，到处都没找到热水瓶，他小心翼翼地问在一旁默默吃着早饭的兰香："开水倒哪里啊？"兰香丢下碗筷，双手一捧："来，来倒在我的巴掌窝里。"

已经上初二的大女儿珍急着要去上早自习，到处没找到雨伞，就问妈有没有看到她的伞，兰香并没有直接回答伞在哪里，而是趁机用一番讽刺的言语来指责这个死女子丢三落四、从来都指望亲妈来擦屁股的恶习。

二女儿和小儿子还在读小学，早上为一块饼干又争得打起来了。兰香也不废话，上去就照着每个人的屁股狠狠赏了几脚，把两个踢得跪着半天起不来，"天天打架，你们两个阎王丢一天不打心里过不得是吧！要打去街心打！打死我都不管！"两个小学生哭得稀里哗啦，把另外两个小娃娃吓哭了，几个孩子不断线地哭了一早上，直到老的去上班、大的去上学、小的睡着了，一家才恢复宁静。

黏黏糊糊的细雨下了半月，人也变得无精打采，连架都懒得吵。休战了半月的兰香慢慢开始从癫狂恢复到了正常，兔子的事也终于翻篇了。兰香又开始在心里面默默酝酿着去折腾点儿什么新的产业。必须要让自己忙起来，否则，满腹的哀怨都不理直气壮了。

南方的秋天要到十月以后才来，秋风扫过小镇的街道，把凉爽送到每一户人家的屋里，也送到兰香家里。她倒吸一口凉气，打了一个激灵，突然脑子里灵光一闪："马上中秋了，兔子的厂房租期未到，也不能白空着，这些厂房以前就是食品加工厂，我得利用起来才行。"接连在养殖业上吃尽了苦头、倒尽了霉，她打算跨行去搞搞副业，这次她的步子跨得有点儿大，她决定去做月饼。没错，做中秋月饼！现在，立刻，马上。

她的雷厉风行让她在一周内就把设备、原材料等准备妥当了。紧接着召集了一批泥瓦匠加班加点两天就造好了一排炕炉，然后又在老街批发市场购买了铁皮大烤盘、月饼纸、模具、包装袋，还有面粉、鸡蛋、冰糖、糖浆、酵母、红绿丝、五仁、芝麻等，又从一个百年老字号的老师傅只言片语中偷听了做月饼的皮毛，就信心十足地开工了。"太简单了，"她说，"我两天就能把月饼做上市。"在失败了二十个月饼之后，她终于实验成功了，吃起来有一丝月饼味道了。那天她一直做到夜里三点，她一边烤月饼一边打瞌睡，一直烤到天亮。两天烤完一箩筐一箩筐的月饼之后，她就开始包月饼了，包得两眼昏花。她连熬两个通宵，打包完了所有月饼，第三天就挑着扁担去上市了。

兰香的月饼并没有卖出多少。一、小镇本地居民没人敢买一个刚死完兔子没多久就投入食品加工的厂房所生产的东西，况且老街百年老字号的月饼店货源充足、物美价廉、品种齐全、口味众多，是小镇居民多年来购买月饼的首选之地。二、即便兰香能糊弄一些不知情的乡村赶集人，但也会因为品种单一、品相一般而流失较多顾客。中秋节前的黄金销售期只剩下一周时间，厂房里的上千块月饼得尽快找到销路才行。于是兰香冷集的时候就会挑着箩筐搭一台拖拉机到附近的农村叫卖。她走乡穿寨，挨家挨户，费尽口舌，卖力推销，还是卖出去不少的，但是把腰都快累断了。不管口碑如何，反正兰香准备干完这一票以后坚决不做月饼了。

　　成本终于在卖出第五箩筐月饼之后收回来了。此时的兰香已经累得半死，她的嗓子因为连续叫卖和推销，哑得半句话也说不出来了。离中秋节只剩下最后一个热集了，兰香打出了买一赠二的疯狂促销活动，卖掉了三箩筐月饼。只剩下最后两箩筐了，她挑着担子回到了家，给全家老小安排上了足足一个星期的月饼宴，烤月饼、煎月饼、炸月饼、炒月饼、煮月饼、月饼夹土豆丝、月饼夹臭豆腐……一日三餐顿顿吃月饼，全家吃到躺，最后老三吃到两眼发直，哀求道："求你，把月饼送给人家喂猪吧。"兰香一直把月饼吃到发霉变质才舍得喂猪，结果猪场的猪连闻都没闻一下。兰香家的孩子那次吃月饼吃出了心理阴影,以至于他们长大后只要听到"月饼"两个字就要狂吐不止,这大概是中秋节被黑得最惨的一个案例。

初次跨行做月饼落得这样一个结局不仅没有让兰香从此收手,反倒给她长了太多自信,她不认为这次创业是个失败,相反她觉得很成功。她开始涉足更广泛的大大小小的行业。

冬天来了,她开始进货卖柴炭,利用寒冬腊月过年前的销售旺季,拖着三轮车走街串巷地送温暖。她也不畏惧路远和艰险,跑遍了小镇周边的十里八湾,风雨冰雪都无阻,用不可思议的超强毅力送了一袋又一袋的柴炭。感谢老天有眼,一次她在冰天雪地的路上,连人带车差点就滑进了桥底,若不是老天爷安排的石头柱子卡住了她的车轮,她就死在了冰冷的河里,所幸只是腿摔伤了。

没卖完的柴炭怎么办呢?自己烤完多浪费!她在一筹莫展中又想起来一招,烤鸡蛋卷卖!养腿伤的日子,她就围坐在柴炭炉旁烤鸡蛋卷,她白天烤、晚上烤,烤了一卷又一卷。结果蛋卷没卖多少,倒被自己家孩子偷吃了一大半。这可不行,腊月了,这可是小镇一年最旺的销售季,干啥都挣钱,钱在地上,就看你捡不捡了。蛋卷都卖到自己娃肚子里了,她又琢磨着别的门路,去卖点他们没法儿吃的东西。这不,腿养好了,她聪明的脑壳又指引着她去街上摆摊卖假花、卖烟花、卖窗花。这不算什么,她夜里也没闲着,还得干点儿艺术创作来变现。自己创作民间手工艺品,她用白酒纸盒子加针线缝成可以装假花的小篓子。她一个腊月缝了二十个篓子,眼睛都要缝瞎了,最后只卖出去两个,谢谢那两位为民间手工艺术买账的良心买家。最后卖不出去的呢,留给自家"装饰"吧,于是兰香家里天花板上到处像挂灯笼一样,挂满了怪异的假花酒盒小篓子,有白云边篓子,有稻花香篓子,有口子窖篓子,有枝江大曲篓子,有四特酒篓子……

冬去春来,又是新的一年。兰香的心果然又蠢蠢欲动了,小打小闹了一个冬天的她准备放开手脚,为新的事业大干一场。兰香热情高涨地把整个小镇产业梳理了一遍,她一拍脑袋,决定进军纺织业。她说,那就从养蚕开始吧。她这次学聪明了,把养蚕任务交给几个乡下的蚕农,结果由于疏于管理和监督,大部分利润被人家卷走了,自己只收回本钱,又白忙活一场。自那以后,她决定凡事都要亲力亲为。

当然，生娃是肯定要自己亲力亲为的。

是的，她又怀孕了。就在这个万物生长的春天，一个小幼芽在她的肚子里悄悄完成了生命的最初生长。不要奇怪为什么她又怀孕了，这在当年的小镇并不是一件稀奇事。但这次的超生代价巨大，让老三差点丢了饭碗，兰香差点丢了性命。老三受到降级处分，这是理所当然的。只是兰香差点丢掉性命不是因为难产，而是因为一个巴掌。因为一个巴掌就寻死觅活，这在兰香身上一点儿也不奇怪。她最擅长的就是这个了。

一个月圆之夜，老三久久未归，兰香在客厅灯光下给肚子里的孩子做着缝袜子的细活儿，这种难能可贵的母爱瞬间是她一生少有的几个温馨画面之一。已经听过很多小镇偷鸡摸狗的坊间传闻，不放心的她出门去单位找老三了。看门的人说一个钟头前就看着老三一身酒气地走出单位大门了，去了哪里不知道。兰香气得半死，怒气冲冲地挺着肚子到处去找，最后在卖煤的煤堆里找到一个呼呼大睡的醉汉，是自己的丈夫。兰香上去就是边骂边捶打，在空旷的大街上，把所有恶毒的诅咒和辱骂都用在他身上，恨不得让全街人都来重新认识一下老三是个什么人。一向要面子的老三借着酒胆儿，再也不忍气吞声了，他对着兰香一一回骂，忍无可忍地揪起兰香的衣领，把她像提小鸡一样提回了家，两个人在家里扭打着成一团。老三历数兰香这么多年干过的荒唐蠢事，对着地上发疯的女人控诉她对他的男人尊严无底线的践踏和侮辱。兰香被眼前这个男人的一反常态震惊了，彻底失控了，开始倒地蹬腿，全然不顾自己身怀六甲。老三上去就是一巴掌，这一巴掌直接把她打懵了。紧接着，兰香做出了一系列让老三终其一生都不能忘记的惊人举动：她爬起来，健步飞出家门。那晚星光璀璨、皓月当空，她如同一只即将展翅起飞的蓝色鸵鸟，在月光下的空旷街道上架着两条长腿加速奔跑，径直奔向了小镇派出所后面的一个池塘，扑通一下跳了进去，没有一丝犹豫。她的此番疯狂再次刷新了老三对这个共枕十来年的女人的认知，他仅仅反抗了一次就彻底缴械投降了。

她没有死。醒来的时候已经是第二天清晨了。她戏剧般地被好心人及时救起，送往医院早产下了一个可怜又可爱的女婴。老三在医院门口痛苦地捂着脸无声地啜泣，肩膀抖得像筛子。那晚是他第一次也是他最后一次对兰香发脾气，从此他放弃了一切的是非恩怨和自我思考，如同一个傻子一样对兰香唯命是从。只是面对子女，老三总是会不厌其烦地重复他一生说过的最多的一句话：你们一定要多读书，一定要多读书啊。

后来发现，兰香对这一次的跳河代价还是比较满意的。她的一次超越极限的疯狂换来了对方一辈子的顺从，这笔交易很划算。

兰香的第六个孩子到来后的那几年，她又折腾了几项惊天动地到可以载入兰香个人史册的伟大事业。

首先，她把房子抵押出去贷款开了小镇第一家也是唯一一家汽水厂，并专门从省城购买了先进的汽水生产设备。开业的那天，盛况空前，小镇人民几乎全部跑来看稀奇，当然也喝了好多免费的汽水。大家一边喝着汽水一边恭维着，都赞叹她了不起。兰香神气的啊，就差原地起飞了。她的汽水生意的确风光了整个夏天。可是最终因汽水配方、人员不足、设备维护及经营不善等诸多问题在一年后以关门倒闭而告终。

紧接着，更让人匪夷所思的事情发生了。小学没毕业的她开始进军教育界了！她亲自开起了一家私人幼儿园，校长、幼师、保育员都由她一人担当。她认为凭借自己卓越的文化底子和智力水平，教一群三岁的细伢们学认字数数那真是绰绰有余，更何况自己还正打算着手撰写一本叫《命运》的人生大书。谢天谢地，被她祸害的孩子寥寥无几，加起来不到十个。历史总是惊人的相似，不到一年时间，兰香幼儿园就宣告关门大吉。

幼儿园开不下去了，她又发现了新的商机。这一次，她打算跨界搞搞现代摄影艺术。在那个年代，照相是一件时髦又刚需的事情，几乎家家户户都愿意去拍几张全家福或者孩子周岁照留作纪念。兰香野心勃勃地决定开一家照相馆了。她先斥巨资买了一部照相机，开始学摄影，打算以后做个自由摄影师。她的这一浪漫计划直接把老三惊得目瞪口呆，老三却不敢提任何反对意见。可是，这位未来的摄影师连相机说明书都看不明白，摆弄半天相机就被几个功能和设置搞昏了头，她的耐心被两三个傻瓜按键耗得一干二净，一气之下决定不学了！最后直接放弃开照相馆了，索性把相机丢给老三玩了。老三大舒一口气。

她只有一双脚，却涉足了无数行业；她只有一双手，却干了许多人一生都没干过的事。汽水厂、幼儿园、照相馆接连失败后,她渐渐步入更年期了。在这个一切仿佛应该尘埃落定的年龄段,任性的她却不肯罢休,仿佛永远不知疲惫,反倒更加活跃,瞎折腾的项目却越来越多。当然,重在参与嘛!她尝试做低门槛的个体户,比如糖果加工厂、卖早点、卖炸货、卖日杂、卖爆米花、卖煤球、卖瓜子、弹棉絮、卖鞋垫、卖饰品、卖茶叶、卖鞭炮、卖卷烟、开饭馆、卖盗版书、开麻将馆……总之,她大的有胆做,小的不嫌弃,文的能写书,武的能干仗,她觉得自己无所不能,能屈又能伸,样样都要插一脚,当然她还没有自恋到开武行和私家侦探公司。在多方尝试均没赚到大钱后,最后她又做回了老本行,回归养殖业——她又开始养鸡了,尽管又养死了一百多只小鸡雏,但是她愈挫愈勇的劲儿从未停歇,她正谋划着养鸽子呢。

善良的邻居看不过眼来劝她:"亲姊妹,放过家禽界吧,你在家养花种菜,自己不花钱闻着吃着不香吗?"

她言简意赅地驳斥了对方的劝诫:"不香!养花弄菜那能叫创业吗?!"

她的经历已经不能单纯用成功和失败来定义了。所有人都佩服她生机勃勃的旺盛精力、源源不断的奇思妙想、屡败屡战的自信心和永不停歇的折腾劲儿。包括她自己。

她能疯到什么时候呢？

她用自己的实际行动铿锵有力地回答了这个人生谜题：一直疯到生命的尽头。

月亮之上

伴着轰鸣的汽笛声和哐当哐当的车轮声,一辆旧式的绿皮火车载着一个失意的年轻女子,缓缓驶入了这个贫瘠的小镇,停靠在磨山脚下一片绿荫掩映的无人小站。

她低着头,拖着一个行李箱,慢腾腾走出车厢门,朝着小镇大街的方向走去。此时正是小镇一年中最热的八月,空气中的热浪扑面而来。午后的烈日高挂天空,大街上的沥青都快被晒化了。没有风,树木纹丝不动,叶子都晒打了卷。街道两旁的房屋破破烂烂,外墙漆皮在烈日的剥蚀下斑驳脱落,树上的蝉鸣不断,远处不时传来狗吠和鸡啼。街上行人不多,除了个别走街串巷的人还在为自己的小营生卖力吆喝,大部分的居民此刻都在睡午觉。圆滚滚的妇人拖着一板车圆滚滚的西瓜一声声叫卖,干瘪的男子在街上一圈一圈地边骑自行车边喊着"卖冰棍儿",驼背的老头儿拖着一板车的废品汗流浃背地喊着"收废品咯",三两个小孩光着身子打着赤脚在树荫底下玩弹珠……

刚刚结束一场身体上的酷刑,芳拖着沉重的身子和行李箱失魂落魄地走在炙热的大街上,想着半年前那场丢人现眼的婚礼,她把头低得更低了。那场婚礼闹剧后来也成为小镇人民茶余饭后的谈资——她单方面办了一场没有老公在场的婚礼,本以为成功傍上大款(虽然这个款爷老得可以当她爹),结果说好过几天就来小镇接她回澳门,她却一等等了三个月,最后在五月的最后一天,她等来了一通决绝的分手电话:"原配不同意离婚,没法儿和你结婚,孩子你随便处置吧。对不起。"嘟嘟嘟……从此杳无音信。

她独自一人悄悄去省城堕了胎,躲在表姐家休养了个把月就坐上了这趟回小镇的火车。这条平时走十五分钟的大街她走了半小时,终于走到了一栋位于街头的二层小楼,那是她的家。她一回家就一"病"不起了,整日睡在二楼房间连楼都不下。母亲银花本以为好不容易把这瓢水泼出去了,结果不仅闹了这么大的笑话,如今还彻底赖在家里不走了,她急得团团转,却又不敢吱一声,全世界没有谁比她更了解女儿的秉性。父亲心里难过,却也无能为力,楼下一摊子生意够他忙活了,万一哪句话说不对,闹得孩子寻死觅活吓跑了顾客就更加难收场了,索性父母俩都任由她在家昏天暗地地躺尸了。

距离上次这样横躺已经过去五年了。那时的芳刚高中毕业,资深学渣一枚,花钱买进当地的高中,在学校瞎混被开除了好几次,靠着脸皮厚一直混到高中毕业,没有任何意外,高考凭实力落榜。得知自己的初恋考上了大学,回来就躺着不起来了,以此要挟父亲找关系花钱给她买进初恋隔壁的大学去。父亲一句话断了她的后路:"你要是不怕四肢躺退化就一直躺到我死吧。下辈子等我当上天皇老子,我再看看我有没有这个本事把你买进大学。"

她在床上躺了一个月,在脑中谋划了各种解决自己人生问题的方案,最后拿出了一套折中的方案:既然上不了大学,那就在初恋的大学附近的棉纺厂打份工吧。于是她边打工边维持着这份摇摇欲坠的初恋果实,本以为自己用微薄的流水线工资供初恋读大学就能换来对方的感恩戴德、死心塌地，谁知一年后却被对方狠心抛弃了。这份逝去的爱情让她的心也跟着死了。她心灰意冷地来到深圳打工，没多久就被一个来自澳门的有钱老头子包养了。她图他的钱，他贪她的色，两人各取所需，只是后来剧情陡变也是她没想到的。

这一次，她病得不轻。她直挺挺地躺在二楼的床上，圆睁着眼睛，死死地盯着天花板上的一张蜘蛛网，可能是在想什么，也可能什么也没想，有时候从眼眶里掉出成串儿的泪珠子，有时候空洞的两眼发出谜之微笑。大部分时间她都任凭自己坠入无意识的深渊，对周遭的一切毫无知觉，在短暂恢复理智的间歇又会突然痛哭流涕，为自己的不幸命运哀恸不已。就这样过了一天又一天。

在一个例行送饭的中午，银花终于还是没有忍住，跟那具丧尸大吵了一架。对于一个长年累月辛勤劳作的妇女来说，银花最容忍不了的就是，一个四肢健全的成年人把大好的光阴用来昏天暗地挺尸。她气势汹汹地为这场等待已久的战争作了言简意赅的开场白："老子家里不允许出现活死人！有病治病，没病就给我滚起来！"沉睡了许久的那具丧尸瞬间复苏了，她精神抖擞地跳了起来，仿佛也等这一天好久了一样。

于是，两颗一点就爆的人肉炸弹在二楼房间开始了歇斯底里的咆哮，嘶吼声可以掀翻屋顶。母女俩毫不留情地互揭伤疤，芳哭着历数从童年到成年所遭受的各种旧伤新伤，银花也不甘示弱地痛斥她从小到大的斑斑劣迹。谁都觉得自己是受害者，谁都觉得对方不可原谅。芳认为银花不配当妈，银花说芳是白眼狼。双方一直吵到夜幕降临才休战。父亲担心女儿想不开，上楼好言相劝了半天。芳哭得更加厉害，根本不容父亲说半句话，一直哭闹到半夜。

都以为她会接下来寻死觅活个没完，结果出乎所有人的意料，第二天她就神志清醒地收拾东西准备出发了。很显然，一夜未眠的她，一定被头脑中突然闪现的某个未来画面击中了灵魂，才能迅速恢复心灵的宁静，萌发活下去的念头。她视这次为改变命运的出发。昨夜已打好天真的算盘，先去省城投靠表姐，再学门乐器，再回来开琴行。在外打工的经历让她深深明白，没学历没技能是不行的。只是她性情浮躁，懒惰又迟钝，做不了任何严肃性的工作。思来想去，她认为这世界上毫不费体力和脑力的事情，除了喷嚏之外，她能做的就是掌握一门乐器。仅凭自己从小喜欢音乐这点就妄想能轻松叩开音乐艺术殿堂的大门，她真是想得美，若没有多年来异想天开和厚脸皮的操练，她是断然得不出这个愚蠢的结论的。很快，她就发现自己上当了，学乐器不仅费钱，更费力。硬着头皮把古筝学了个皮毛，口袋的钱就所剩无几。那次改变命运的出发只持续了一年不到，她就又被那节绿皮车原路送回了小镇。

虽然只是学了点皮毛，但是在这么一个物质和精神都异常贫瘠的小镇，人们的生活还停留在马斯洛的最基本需求层，她会弹琴这个事实就足以威震四邻了。芳拖着大琴箱神气地穿过大街，愉快地享受着大家看稀奇一样的点评："啧啧，从省城艺术中心深造回来后，就是不一样。"的确不一样了，这次的学琴之旅，无疑给她的人生轻轻拨开了一道窗户缝，让她得以窥见不一样的天光，整个人的精神世界仿佛因为沾上了艺术的边得到升华一般，这跟去打工、被包养的经历带给人的精神体验是完全不一样的。

回到家的芳不再终日躺平，改抚琴奏乐了。屋子里、大街上到处回荡着她悠扬的琴声。虽然这让银花不再像之前那样无法忍受，只是弹琴在她看来终归还是不务正业。银花认为所有不以赚钱为目的的工作都是不务正业。她早已默默在为女儿寻找合适的接盘人了。年轻的芳因过往的丑闻已经让很多人避而远之了,但有一个人却暗恋芳多年,把芳当女神一样,哪怕她闯出那么多烂摊子。

他就是我们小镇街上的一名水手。小镇没有海,哪里来的水手?他是一名常年在沿海地区出海跑货运的水手,父母早逝,靠着自己吃苦耐劳自力更生,在小镇买了房子。因为工作性质的原因,一直没有时间去找对象,或者说一直在等芳。得知水手对芳有意,银花像抓住救命稻草一样,极力制造各种巧合为两人创造对上眼的机会。终于老天不负有心娘,虽然芳并不爱这个大自己十岁的男人,依然满口答应了这名水手的求婚。她花了不到三天摸清了对方的底细和弱点,对他的了解终于不再仅限于是一个长期在海上漂的水手。水手终于找到了真爱,而芳也如愿找到了一张长期饭票。

这场婚礼没大办,只是简单的仪式和亲友聚餐。喜糖照例在街上又发了一圈,却没能堵住悠悠之口。把家里这尊大佛正式交接给水手后,银花难掩内心的雀跃,在婚礼上真是笑眯了眼,但是一想到嫁姑娘惯例应该哭时,突然笑容在脸上凝住了,于是勉强挤出一个哭笑不得的表情。

尽管只是把这瓢水泼到了离家仅800米的地方，但银花已经心满意足，终于不用再去为她操心了，反正有人管她了。可对于芳来说，她只是换了个地方弹琴而已，倒不是因为她有多热爱弹琴，而是觉得这对于自己来说很有必要，况且也确实没其他紧要事要干。丈夫常年出海，跑一趟海运都是一两个月才回来一趟，这算回得勤快的了，长的时候达半年之久，但是却恰好给了芳求之不得的个人自由空间。

来到新家的第一天，她就大胆地把屋外墙漆换成了耀眼的黄色，还把外墙瓷砖也换成天蓝色，与小镇千篇一律的灰白调形成了强烈对比。布置完家中的软装和庭院，她的快活日子就开始了。

她会在清晨五点起来给自己蒸一根胡萝卜，吃一颗白煮蛋，喝一杯自制的排毒果蔬汁。当清晨的第一缕阳光打进她的小窗，她的琴声便飘到了窗外的枝头上，也飘进了隔壁正在酣眠的邻居耳朵里。与树上的鸟儿合奏完晨曲之后，她便开始就着录音机里的音乐进行一系列身体的拉伸运动。在那个赤贫的小镇，人们还尚求饱腹的时候，她已经在关注养生了，食谱讲求维生素、蛋白质等营养元素的均衡。吃完一份精致的午餐，她便寄情于各种言情小说、散文里一行行挑拨心弦的轻浮文字中，把自己带入每一个浪漫故事里，而她就是那个女主角。她会在午后昏昏欲睡的藤椅上闭目养神，听收音机里点播的电台情歌，陶醉在一首首甜得发腻的歌曲里，慢慢进入梦乡。当太阳西沉，晚风吹进小窗，她一直从黄昏弹到月夜。

终日弹琴必然会招来左邻右舍的叫苦连天，隔壁的海香就是其中一个。她的神经性头痛从生完孩子就开始了，这些年靠抽烟才能缓解。这天晚上，月色朦胧，隔壁的古筝独奏又开始没完没了了，曲调哀伤幽怨，犹如讲述一段凄美的爱情故事，如泣如诉，绵绵不绝。琴声穿透厚厚的墙壁，直达海香的耳畔，一根根的琴弦有节奏地拨弄着海香的神经，让她痛得想撞墙，抽烟都无法缓解她的头疼。

海香憋着一股怒火，夹着拖鞋、披头散发地就来芳的大门前咚咚咚地拍门了！边拍边大声说："芳，你的琴艺了得我已领教，街坊邻里都领教了，是人都领教了。我建议你把琴抬到磨山顶上去弹，弹给那些坟地的孤魂野鬼听，这样人鬼都有份，以示公平。"芳才不搭理她呢，继续弹着曲子，身子随着韵律起伏摇摆。海香气得用脚踹门:"给脸不要脸是吧?我忍你不是一天两天了!会弹琴有什么了不起?在这边装什么装?有本事去人民大会堂弹啊!!"芳还是自顾自弹,不为所动。海香气得脱掉拖鞋,就冲着二楼的窗户扔,第一只丢在了半空中又掉下来,丢第二只拖鞋把窗台旁的古筝砸个正着。这下琴声戛然而止了。芳花这么长时间在艺术氛围里精心栽培出来的人淡如菊终于绷不住了,人设被一鞋板打回了原形,她毫不示弱地开火了:"死三八!手长我手上,老子爱弹弹!你他妈管得着吗?!"

"我他妈的今天就管定了!明天派出所见!老子要告你扰民!"海香跳起来骂道。

"告告告!告你妈!"芳叉着腰冲着楼下骂道。

"芳,过分了啊!你天天这样白天黑夜地弹,还要不要人过日子了?!"一个邻居看不下去了。

"是啊!过分了啊!我觉得磨山是个弹琴的好地方,又凉快又自在。"另一个邻居附和道。

慢慢地聚集了一些街坊邻里,有的来劝架,有的来骂架,大家七嘴八舌地把芳说得哑口无言,她用力把窗门一摔来为今天的骂战画上句号。

接下来的好些天,半夜不再有琴声。街坊四邻总算睡了个踏实觉。

与左右邻里这么一闹,她与周遭越发格格不入了,仿佛生活在另一个空间里。她基本无社交,在家过着神仙生活,一周不得不出门的几次上街买菜是她唯一接近现实生活的机会,可对于她来说简直是受罪。她捂着口鼻、夹紧手臂在赶集人和菜农人群中躲闪不及,不过想始终做到不擦碰是不可能的,回到家的第一件事就是清洗掉满身的烟火气。沾满泥土的双手、粗鄙庸俗的话语、鱼贩身上的鱼腥味、案板上的肉、早餐摊上的油饼……都让她无比嫌弃。人们始终不明白,明明就是土生土长的小镇青年,没几年工夫怎么就长成这样一个异类?

她在电话里头跟远在广州的老公哭诉:"每次买菜太受罪了,臭气熏天,买一次回来就要吐一次。"

"我不在你身边,真是让你受苦了。"水手怜香惜玉道。

"我不管,我要你回来给我买菜啊!"她开始发起嗲来。

"可是亲爱的,我办不到啊!我得挣钱养家啊!"水手很实诚地回答。

"那你给我买一辆车！我开车去买菜！"芳终于说到重点了。

"摩托车啊？"水手在心里咯噔一下，心想摩托车得好几千，太贵了。本来打算劝她买一部自行车的，话还没开口，却等来一个震碎他心脏的回答。

"我要桑塔纳，红色的。"芳在那头平静地说道。

电话两头都突然安静十几秒钟，水手才从震惊中缓过神来，小心翼翼地问一句："你开玩笑的吧，咱家连买摩托的钱都没有啊！我这些年的全部存款已经买咱房子了啊！"

"你不是有房子嘛，可以抵押贷款来买车。"芳一副轻巧的模样。

水手再次被芳的胆大包天惊得半天说不出话，只得说先考虑一下，搪塞了几句马上就挂掉了电话。他花掉一整晚上来消化这个让人震惊不已的要求，还是觉得不可思议，第二天就把电话打过去了，芳电话一拿就端出了一副谈判的架势："考虑得怎么样了？"

"芳，我觉得为了买菜去买车确实不划算，你要不要再考虑一下？"水手说道。

"不行。"她说。

"真买不起,我的收入你也清楚啊,我把房子抵押进去贷款也还不起啊!别冲动啊!"水手央求道。

"不行。"

芳斩钉截铁地驳回了水手的各种哀求,开始在电话这头连吼带骂,逼着他想尽一切办法去买车。威胁性的言辞直接把水手在电话那头吓得不敢再提任何异议,只得一直默默听着。

一周后,水手妥协了。他答应了芳的疯狂要求。他不顾自己接下来会像苦役一样没日没夜奔波在惊涛骇浪的海上,也不顾自己花了上十年攒下的血汗钱置办的新家被抵押出去,更不顾接下来的贷款会怎样压垮他,他只是为了向芳再次证明自己对她不渝的爱情和永恒的忠诚。他利用这一年仅剩的探亲假时间办妥了房屋抵押贷款,买了一部红色的桑塔纳——整个小镇的第五辆桑塔纳,就匆匆离开小镇去劳碌奔波了。

芳的得意可想而知。她像一只骄傲的孔雀,开着她红色的桑塔纳穿过人潮拥挤的小镇新街去买菜。一公里不到的菜场,人头攒动,用脚挪步都嫌挤,她硬是要一车头扎进去,车爬得比乌龟还慢。慢点好啊!慢才能让人家羡慕的目光更长时间地停留在她车身上。有钱真好啊！她兴奋地按着喇叭来支开挡她道的人流，一排排的赶集人列队靠边站，全对着这辆崭新的轿车行注目礼，每张脸都挂着各式各样复杂的表情。她的内心莫名地涌动着一种异样的情绪，而这种似曾相识的感觉在曾经无数次的梦境中重现过，如今梦想成真，她的脸上情不自禁地露出了神秘的微笑。

此时的银花，脸却黑得像个死人一样。早已听说她的女儿作妖把房子抵押出去，贷款买了部车，今天远远看到她驾着那部闪亮的新车神气地招摇过市，真是气不打一处来。她放下手中的活计，气冲冲地奔向大街，用身体拦住了那辆车。烈日炎炎，大街上尘土飞扬，她满头大汗地拍车窗。车窗被缓缓摇下，先是一阵香水味扑鼻而来，一个戴墨镜的红唇女司机渐渐映入眼帘。她脸上打着厚厚的粉，白皙的脖颈上挂着一条玫瑰色项链，双耳坠着一对珍珠耳环，一袭薄纱长裙盖过膝盖，很显然是专为出门买菜打扮的一身精致的行头。她头也不偏地目视前方，看都不看自己亲妈一样。银花也不废话，一针见血道："人作孽，是会遭天谴的。你现在的所作所为就是在自掘坟墓。"芳一阵冷笑后，油门一踩，绝尘而去。

几个月后,芳得知自己怀孕了,她把这个消息第一时间告诉远在海上漂泊的老公。水手激动万分,全然忘记芳撂电话前叮嘱每月必须倍增的开支压力,一心沉浸在迎接新生命的巨大欢喜中。他站在甲板上,迎着幸福的海风,脚下是茫茫的蔚蓝大海,远方是太阳从海平面升起前的满天朝霞,未来像春天的早晨一样朝他奔来。

孕后的她,更加肆无忌惮地挥霍了,吃穿住行样样讲究。她不管水手怎么累死累活地在外面拼命,也不管他到底有没有能力支付,总之他这个提款机,必须要在她取钱的时候给她按时按量地吐出人民币,否则她就会以肚子里的孩子作为要挟大吵大闹来收场。丈夫当然不敢有怠慢。对于新生命的到来,芳一点儿感觉都没有,但比从前更爱自己了,弹琴的频率比以前少了一点,但她在吃这方面却做足了功夫,试图在孕妇界拼出一个营养美食专家。她把中国菜系研究个遍,潮汕的砂锅粥、江西的瓦罐汤、闽南的客家菜、苏北的甜点心……美其名曰为了肚子里的孩子,实则全都为满足自己的口腹之欲。胃口好的时候可以吃下一头猪,一直把自己吃成了一头猪时,孩子也即将出生了。孩子生下来只有筷子长,营养全吃到她自己身上了。

养育孩子的艰辛不易，芳是始料未及，身心自由被全部剥夺，完全没有做准备的她在月子里开始遭遇了第一轮产后抑郁的暴击。丈夫特意调休请了一个月的长假回来陪产，他曾经在脑海中怀想的各种有了孩子的家庭温馨画面，在这个长长假期里得到了全方位瓦解，他甚至无数次想要逃离。月子里的芳把歇斯底里和喜怒无常、精神分裂统统发挥到了无人能及的极致。有时候突然无缘无故地号啕大哭，有时候突然恼羞成怒地破口大骂，有时候又嬉皮笑脸地打情骂俏，有时候会如梦初醒般地虔诚忏悔。她会为丈夫一杯水递慢了三秒钟大发雷霆，为他无心说错的某个字眼不依不饶，为一支牙膏放错了位置对丈夫大打出手……更让丈夫无所适从的是，刚刚还像一只母狮对他一顿猛烈厮打，一个转身，又表现得像只温柔可人的无辜小白兔，还能给你殷勤地做上一桌好菜。她这种分裂的个性让丈夫感到恐惧，很多次想要逃离这个家庭，很多次又选择去原谅，他用各种理由来宽慰自己、可怜对方，就这样在恶性循环中接受她变本加厉的摆布。

一个月的长假终于在暴风骤雨中结束了，走的那天，他抱着襁褓里的孩子，心里充满了不舍和歉疚，也对他的未来充满了担忧。他不知道这个孩子将会在这样的环境中成长成什么样子。只是不得不离开去远方打工了，否则家庭的开销就难以为继，偿还贷款也遥遥无期啊。带着对孩子的无限眷念和对未来的焦虑，他再一次踏上了南下的绿皮火车，一落座，眼泪就止不住地哗哗往下流。

母亲银花来了，她听说水手已经走了，特意来帮她照顾孩子一段时间。这次还是芳出嫁后银花第一次来她家门。念在幼小的外孙和产后抑郁的女儿，从不示弱的银花小心翼翼地做饭洗衣，照顾他们的生活起居，生怕哪里做得不对惊动了芳的哪根神经。事实上，她的所有小心谨慎终究还是徒劳，芳最人的本事就是能在鸡蛋里挑出骨头来。干了不到一个月，因各种鸡毛蒜皮被挑剔无数次，银花的脑壳已经忍起了包，终于在一个礼拜天的中午吃饭时，她决定彻底撂挑子不干了。事情的起因是为一块鱼。芳吃饭时发现自己买的鱼块少了一块，质问银花是不是偷吃了，银花哪里受得了这口冤枉气？她声泪俱下道："伢！老子是你的亲妈！人要善良！不能心肠太歹毒！可怜我一把瘦骨头一个月来任劳任怨像个丫鬟一样伺候你，你百般挑刺我都不敢还一句嘴，都是看在我外孙的份上。我王银花发毒誓，我要是偷吃了你的那块鱼，我出门找车撞死！！才隔一天你就忘记你昨晚吃的黑鱼面了？！退一万步，我就是吃了你一块鱼又怎么样了？这些日子，我哪顿不是吃剩菜剩饭？莫作孽，为你儿子积点德！！"说完，银花提着包就哭着走了。

只剩下自己一个人去面对生活的烂摊子了，所有人包括她自己都认为，"熬不过三天就要跪着求银花过来帮你。"一想到自己还要跟母亲低头，她宁可去死。她一个人绝望地在屋子里踱来踱去。突然，一个振奋人心的想法让她如梦初醒："我只有咬牙坚持下去，我才是一个合格的受害者角色。"她一下把未来的棋子怎么走都铺垫好了，她给自己一年的期限，咬牙坚持把眼前的一年扛过去。这样既不能让银花得意忘形，又能为将来的挥霍增加更多的谈判筹码，更能让那些张嘴就说她好吃懒做的邻居们刮目相看。

她，说到做到。且不管她的出发点是什么，她这次总算将异乎寻常的耐心用对了地方，料理儿子的吃喝拉撒，事无巨细。她独自走完了这段漫长的养育路，把儿子健康地带到了一岁。她左右端详着这个白胖的小娃娃，像看一件即将交付上市的产品，心满意足。这并不奇怪，性格极端的人最擅长的就是在事物的两极自由切换，这样的人生才刺激。

她已经很久没摸琴了，打孩子出生就没碰了。她也很久没照镜子了，某日突然被镜中的自己惊出一身冷汗：镜中的那张脸越来越像自己的母亲银花。长期睡眠不足而显得疲惫不堪的面孔、劳累过度而显得暗淡无光的眼睛、乱糟糟的枯黄头发、悄悄爬上额头的细纹……平庸琐碎的家庭生活已经达到了她忍耐的极限。她不允许自己的人生轨道偏航，任何的阻碍必须让位，包括她幼小的孩子。她自己也承认，打一开始，她的母爱就准备不充分，一年多的朝夕相伴也并没能让她对儿子的感情变得更加深厚。她太爱自己了，以至于自己世界里多一个人就嫌拥挤。她开始疯狂减肥，用了五个月不到的时间暴瘦五十斤。暴瘦的秘诀就是吃空气。她也开始疯狂消费了，从一身身的奢侈行头打理自己到更加考究的家居物品添置，她样样不含糊。

一年四个月零二十天后，她的琴声再次响起。

她弹了一首激情澎湃的曲子，以此昭告天下："她回来了！"这真是一个让人泪奔的消息。海香断了一年的头疼药又得续上了。她又开始日夜弹琴了。孩子呢，被关在一个空旷的玩具房间里自娱自乐，他似乎也不依恋她，有时候自己在那儿很起劲地撕纸，有时候会自己跟自己躲猫猫，把自己逗得咯咯笑，有时候会被自己的影子吓一跳，有时候会把所有东西从一个箱子里拿出来，再一个个放回去……玩到精疲力竭的时候，会站着睡着，打瞌睡打得东倒西歪，最后直到栽倒地上哇哇大哭也没人应，隔壁弹琴的妈妈根本就听不见。

为了应付堆积如山的债务和与日俱增的开支，水手已经忙到完全没有任何时间请假回家了，没日没夜地在海上漂，专挑远海出，这样路途远、危险系数大，但是挣得多。婚姻的小舟已经划到了海中央，已经没有任何退路了，只有奋力前行。

水手不能回家，正合她意。她自始至终没有爱过他，只是把他当作自己的提款机。她继续在这样一个平庸小镇里过着自己诗情画意的生活，日子长悠悠的，像没有尽头，直到有一天她被一位刚从外地务工回来的小青年迷得神魂颠倒。

他身材魁梧，长相英俊，器宇不凡，符合芳心中对完美男子形象的一切想象，除了一点——穷，穷得一塌糊涂。芳才不在乎呢，她有提款机呀。恋爱中的女人会彻底失去理智，智商也会降为零。何况她本身也没残存多少智力和理性。

王河是小镇郊外一条风景秀丽的河,到了初夏,那里的河水汩汩流淌,河底的水草、鱼虾清晰可见,阳光像金子般洒向河面,河水波光粼粼。河岸是一片银白色的沙滩,温热的河沙柔软细腻。四周是碧绿开阔的田野,不远处是一片葱郁茂密的小树林,林间草地上缀满了紫色的小雏菊,几只活泼的鸟雀在树上多嘴,两个初次约会的情人在树下私语。他们各自介绍着经过自己包装粉饰的背景和喜好,选择性地聊着干巴的过往,很默契地把一些不堪悄悄隐去,互相发表一通对人生肤浅的见解,感叹生活的寂寞无聊,终于两个人本能地把话题转移到了最核心的主题:干脆我们就做一对快活的情人吧。两个人心领神会地拥在一起,清凉的微风拂过芳白皙明净的脸庞,她不时腼腆地捋一下耳畔的头发,大而沉静的眼睛露出天真的傻笑,一旁的小情人陶醉在她那迷人的一颦一笑中。

为了不妨碍出去偷偷约会,她经常把孩子丢给银花照看。开车路过银花家,把孩子像甩包袱一样扔到她家,一句话也不说,转身就走,也不理会孩子的哭闹。疯到啥时候都不确定,一天两天三天后回来接孩子都是常有的事。没人知道她去干什么了,只知道她每次出门都打扮得像个花枝招展的纯情少女。后来，芳嫌出门约会太麻烦，干脆胆大妄为到把情人悄悄带到家里厮混、过夜。全然不顾她的娃在外婆家哭天抢地地号哭，更把那个冒着生命危险在海上卖命工作的丈夫抛到了九霄云外。

天底下没有不透风的墙，更没有小镇八婆们识不破的奸情。在八婆们的口水指点下，一位深夜爬墙好事者终于等来了这个振奋人心的八卦。他在一个月黑风高的夜晚，爬上了芳的后院墙头，兴奋地用肉眼捕捉到了自己期待已久的画面：两个情人正在房间卿卿我我。最近小镇民风向好，他已经好几个月颗粒无收，这次居然钓到了一条大鱼，她家可是有桑塔纳啊！得狠狠地敲一笔！他一边在墙头痴笑一边盘算着即将到手的钱。随即跳下墙，敲着后门就开始了言语威胁，吓得屋内两人躲闪不及。

"别躲了，二位的模样、姓名、来历、家庭背景我已烂熟，出来招了吧。不出来也行，我现在就去大街上敲锣把二位的事迹用喇叭唱出去。"

"少废话，开个价。"里面传来一个女声。

"十万。"屋外的人说。

"你他妈的真敢要啊！你信不信我报警啊？告你敲诈勒索。"

"你去告，要不要我帮你打110？我职业就是敲诈勒索，你要是不怕丢脸就试试呗！"

"少拿丢脸来威胁我，我最不怕这个！"

"哼，你就不怕这事儿传到你老公耳朵里，断你的经济来源吗？"

这一问真把芳问得有点慌了。她正在犹豫怎么办的时候，一旁的小青年，忍不住了，他一个推门，凭着自己健壮的体格，一根手指就把墙外的伙计撂在地上，他死死地按住爬墙者的脖子说道："你要是不给我闭嘴，下次见到你还会把你的脖子拧断！"

爬墙者疼得嗷嗷，直喊饶命，最后一分没捞着就灰溜溜地逃走了。

经过此事，芳越发觉得这个小青年形象高大威猛了。在他身上体会到了从未有过的安全感，于是更加肆无忌惮地频繁约会了。就在两个情人甜蜜地几乎整日腻歪在一起的时候，远方传来一个噩耗。

水手的船翻了。一艘送往日本的货船触礁发生侧翻继而全部覆没，船员伤亡惨重，救援船赶到的时候，水手已经完全体力不支，只剩下半口气，难以想象他是在怎样的惊涛骇浪中寻找最后一丝生的机会。他被送进医院时已经生命垂危，在重症监护室抢救了两天两夜，捡回来了一条命。其间住了一个月的院，身边没有一个亲人，都是同事帮忙料理。他怕芳担心，不忍心告诉她。只是决定回乡调养身体的时候，在电话那头虚弱地说起了一个月前经历的鬼门关。他哪里知道，他经历生死劫的这一个月，自己的妻子在家都在干些什么勾当呢。

没法儿工作了，他一个人十分内疚地坐上了回乡的绿皮车。他还是穿着十年前的那件黑夹克、一条褪色的工装裤和一双旧得掉漆的黑皮鞋，这么多年他从来都舍不得给自己买一身像样的衣服。

火车终于开进了熟悉的小镇，劫后余生还能回到故土让他感慨万千，又想到这一年来芳对孩子的照料，他的内心充满了感恩。一年多的光景没回家了，他太想念孩子了。

回到家的他，首先就被家里的景象惊呆了。一年时间，家里里里外外又是一堆新的奢侈添置和浮夸装修，他难忍心痛地对芳说："芳，咱们现在真的要节省开支了，医生说我身体这个伤需要一年的调养才能符合出海条件。也就是说，我现在除了拿点事故抚恤金和保险公司的一点保险金，几乎没有任何收入了。我们还要还贷款和孩子的吃穿住用。"

芳根本就不搭理他，一个人在一旁冷血地修着指甲。

他进屋看小孩，面黄肌瘦、身材瘦小，一副营养不良的模样，瞬间眼泪都快掉下来了，他强忍着不在孩子面前掉泪。一个月巨额的开支也没能让孩子吃好穿好，傻子都知道都是被芳挥霍在自己身上了。他唤儿子的小名，儿子头也不回地玩自己的玩具，对这个陌生的爸爸没有任何回应。他上前去抱，却因为负伤刚弯腰就捂着胸口痛苦不已，只能看着儿子在一旁安静地玩。不一会儿，他起身回到芳的卧室，再也忍不住了，一边流泪一边质问她，为什么对孩子这么狠心？他辛苦在外打拼，就是想孩子吃好喝好，结果呢？

芳的理直气壮是提前就有所准备的，她必然要将这一年多来养育孩子的艰辛和不易一一细数，从吃喝玩睡到屎屁尿每一个环节所耗费的精力和辛苦都不放过，夸大孩子的调皮难带，夸大各种有利于自己立场的一切生活困难细节。水手自知辩她不过，只能点头称是，因为再追问下去，她又是一顿暴跳如雷。

水手在家养伤，这对芳和情人之间的关系维系带来了巨大挑战。他们之间的联系、约会、厮混都障碍重重，久而久之，小青年也厌倦了等待，新鲜劲已经过去了，他的内心也有了新的想法，既然对方只是玩玩而已，他也一样都是玩玩而已，谁拿这份感情当真呢？于是没多久，他就不辞而别，南下去深圳打工了。这事对芳的打击太大了，她将这一切怨怒的账全部算在水手的身上，不敢挑破奸情，只能用生活中毫不相干的事情来找他碴儿，水手逆来顺受惯了，任由她发泄不满。

她又陷入了新一轮疯癫状态，有孩子的牵绊，昏天暗地挺尸的客观条件不允许，于是就开始把怒火朝一个两岁不到的孩子身上迁移，动不动为点儿小事简单粗暴地一顿打骂孩子。每次孩子惊恐万分地逃向爸爸身边哭着求安慰。水手想到了离婚，却只是话到嘴边又咽下去了。

终于吵吵闹闹又一年，水手的假也休够了，他在走之前决定把不到三岁的孩子送到小镇老街的幼儿园。一年的密切观察让他明白，他宁可把孩子丢给外人，也不能长时间交给芳，否则就迟了。可是他只猜对了一半。

孩子上了幼儿园，芳又开始快活了，这三年在家快待发霉了。她现在厌倦了居家，一心想往外窜。在家就是弹琴，出门就是四处游荡，有时候开着车去公路上兜风，有时候去不远的城市购物，有时候去会会儿时的狐朋狗友，有时候就去乡间小路上体验田园牧歌般的惬意。

日子晃荡起来，其实也过得很快的。儿子紧接着就上小学了，她的快活日子离结束也不远了，她也浑浑噩噩挨到了将近不惑之年。出来混的，迟早是要还的。

因为早年的家庭环境和疏于管教，儿子的性格异常调皮暴躁，行为缺乏自我控制能力，在学校经常打架闹事，小小年纪开始用武力解决问题。芳隔三岔五地被叫去学校领孩子回家，甚至最严重时到勒令开除转学。芳为此头疼不已，后来又是送礼又是赔礼道歉，求学校收孩子，才勉强读完小学。但是这种"学渣"，初中的老师就更加难以容忍了，为此，芳特意把孩子转去县城初中，看看换个环境是否能够有所缓解。她在学校附近租房子陪读，以此来弥补童年缺失的陪伴和母爱。但已为时已晚，儿子早已不是当年服从管教的那个小孩了，如今的他长成了自己，也长成了另一个芳。所有违背他意愿的一律暴力反击和威胁，芳只能一步步地纵容这个已经掉下深渊的儿子，直到有一天，因为阻止他打游戏，她的亲生儿子向她举起了菜刀……

她惶恐地在县城中学门口的马路上拼命逃，儿子在后面举着刀追着砍。她拼命地跑啊，跑啊，跑过了大街，跑过了小巷，跑过了田野，一直跑到两腿发软，把鞋都跑掉了，她在恍惚中跑到了蔚蓝的大海边，看到血红的太阳从西边缓缓落下……

突然，天黑了，只听见悠扬的古筝琴音在风中飘荡，一直飘到了月亮之上。

九月的云

我们小镇的传奇人物王二在全镇人民的瞠目结舌下买房买车后还娶上了媳妇，这要是搁在二十多年前，人们宁愿相信太阳会从西边升起，也不肯相信这样励志的故事会发生在他身上。他再一次向人们证实了一个伟大而朴素的真理：世上无难事，只怕有心人。

故事的开始发生在20世纪90年代的小镇。

王二，本名不详，因为右手的无名指和小指断了，且总喜欢竖起两个指头在空气中比"耶"的胜利手势，所以人们给他取个外号叫王二，也有人叫他狗子。打我记事起，他就在小镇的街头巷尾游荡了。他总是身穿一身破衣烂衫和一双解放鞋，顶个鸡窝头，一对招风大耳朵，嘴唇厚而外翻，眼神迷离而无法聚焦，一副哈欠连天的样子，走起路来还顺拐。说他是流浪汉吧，也不算，听说他在小镇周边的小村子有个落脚处。说他是个要饭的吧，也不是，他要钱，凭本事要钱。这个他赖以生存的职业就是赶场子，赶各种红白喜事的酒席场子，赶完场子就暖场子。工作内容包括但不限于劈柴烧水、端茶倒水、唱歌跳舞等打杂和卖艺的事情。这个职业是他自创的，可以说是前无古人、后无来者，甚至可以申请专利保护。凭借多年专业的厚脸皮和耍无赖作风，他赶的场子不计其数，所有的赶场子均属于未经对方同意的个人单方面行为，但丝毫不妨碍他个人工作的开展。而且，他是怎么做到消息灵通到每场不误，一直是个谜。人们问他为什么总能准时到达每一个办酒席的现场，他压低声音神秘地说："这是机密。"

小镇王大姑的女儿出嫁这天，他一大清早就扛着家伙什儿赶到她家门口了，问也不问、招呼也不打就开始自己忙活了。先把随身扛的小炉子往大门口的临街处一架，接着开始生火。他掏出火柴盒划着了一根，就着自己到处捡的稻草、柴火或者牛粪开始引火，浓浓的烟气把自己熏得眼泪直流，直到把火越拨越旺，小炉子的火生着了，就提着一个自带的

长嘴大铁皮壶去打水烧起来。

　　王大姑天没亮就忙得脚不沾地，一堆的事情等着她去张罗，酒席上的食材、烟酒、桌椅板凳、宾客名单清点及座位安排等，一堆乱七八糟的事情把她忙炸了头，她像一只胖燕子在屋子里飞进飞出，王二也在一旁绊来绊去地忙着找热水瓶。他们在厨房里撞个正着，王大姑憋着一肚子气说："王二，早上好啊，我今天忙着嫁姑娘呢！请问你在这忙前忙后的干什么呢？"

　　"王大姑，我在帮你嫁姑娘呢！"王二嘿嘿笑答。

　　"真不把自己当外人呢？还窜到我屋子里面来了啊？"

　　王二继续傻笑道："水烧开了，找水瓶满上啊，客人来了好喝！"

　　"哟，这么说我还得谢谢你哦！"

　　"不用谢，一毛钱一瓶。"

　　"谁他妈要你烧了啊！哪儿凉快哪儿待着去！"王大姑手往大门的方向一指，示意他滚。

　　"别发火啊，今天你姑娘大喜的日子，要开心啊！"说完，王二嘿嘿笑着去找热水瓶了。

他把王大姑家里能找到的开水瓶一一灌满，开水烧得差不多了，客人也就到齐了。他又忙前忙后给客人端茶倒水。忙完这些他就坐到小炉子前继续劈柴烧水了。王大姑又抽空跑来赶他了："水也烧了，茶也倒了，你可以走了。多少钱？拿完钱赶快滚！别在这里丢人现眼，我没时间跟你磨叽。"

"王大姑，别着急嘛！这才刚开始呢！客人等下还要续杯，我继续把他们灌饱，这样就可以少喝你的酒少吃点儿你的菜啊！帮你省不少酒席钱呢！你说是不？"

"我呸！我王大姑是那样的人吗？我是嫁不起姑娘的人吗？！"

"呸呸呸！瞧我这该死的大嘴巴！王大姑为人慷慨！才不会计较这些仨瓜俩枣！何况是我这几毛钱的茶水钱！"

"狗皮膏药！老子今天忙完跟你算账！"

"好的，等着哦。"王二微笑着目送完王大姑的肥胖背影后继续忙着往小炉子里添柴火。

宾客渐渐落座了，菜也一道道上了，客人的筷子也动起来了。王二也正式开始暖场子了。他走到宾客的酒席前，挥舞着手臂，起了一个夸张的范儿，接着调动自己所有的神经，张牙舞爪地跳开了。他像一只笨拙的大青蛙又蹦又跳又转圈，嘴

九月的云

里还振振有词地"嘿吼嘿吼"地喊着打着节拍,滑稽的表演把在座的宾客逗得哈哈大笑。大跳了几圈之后,他就开始扯着嗓子唱起了第一首流行歌曲:"村里有个姑娘叫小芳,长得好看又善良,一双美丽的大眼睛,辫子粗又长……"他嗓音响亮,五音不全,没有一个音在调上,脸部因为高音部分的发力而涨得通红,因为过分投入而唱到青筋暴起,活活把一首恬淡的小情歌唱出了青藏高原的雄壮之势,把客人唱得直捂耳朵,嚷嚷着叫他"别唱了,别唱了"。他才不理会呢,接着又为大家赠送了一首又一首流行歌曲,比如《潇洒走一回》《涛声依旧》等。有些客人嘘他,起哄让他下去,有的拿棍子戳他的鸡窝头,有的从背后踢他屁股,还有些调皮的客人悄悄冲上去猛地一下拽掉他的裤子。王二不为所动,穿个大裤衩依旧接着唱,众人笑得前仰后合,他自己唱完后淡定地提起裤子,也跟着大家哈哈笑,好像大家嘲笑的对象不是他似的。

所有的表演结束之后,他就端着搪瓷碗挨个儿到每一桌酒席上去送祝福。全场绕下来把同样的贺词说了几十遍,他自说自话,没理他的客人假装埋头吃饭,理他的人也只是看他是有多好笑,心情好的还能向他的搪瓷碗里丢几个硬币,心情不好的踢他两脚。这样尴尬走一圈下来,虽然挨了不少揍，每桌也能挣几毛钱的小费。

到了放鞭炮圆席的时候，客人们都起身陆续离席了，王大姑家人都忙着跟客人们一一话别，说些客气的话。王二也不闲着，他趁着客人主人双方都不在的时候，忙着跟一群狗子抢吃的。他端着自己的大茶缸子，在每个酒席桌子上去扒拉一些客人吃剩的食物。他在桌子上面快速装吃的，狗子在地上到处吭哧吭哧找吃的。他装了满满一缸子大鱼大肉，便盖好盖子，悄悄塞进自己装破烂的背包里，然后恭恭敬敬地垂着手站在门口等着王大姑。

王大姑一脸堆笑地送完宾客，转身在门口看到王二，马上收住了笑容，一脸乌青，恶狠狠质问道："王二，你咋还没走？"

"王大姑，不是你说忙完跟我算账的吗？我在这里等着你呢。"

"你倒挺守信用，我是要找你算账，打你我嫌脏手，我找大茅司和小茅司来揍你一顿，叫你还这样耍无赖！"说着开始喊自己的小儿子二毛。

"饶命啊王大姑，我可是尽心尽力地在帮你烧水倒茶伺候宾客呢!"

"谁她妈的要你伺候了?你以为人人都好脾气呢!我告诉你,就我这暴脾气搁十年前还等你玩到散场?我早就把你分分钟治了。今天要不是我姑娘出嫁,还忍你嚣张到现在?我不管小镇上其他人家是不是随便你耍无赖,可我王大姑今天还真就不惯着你了!二毛,去把两个茅司找过来把他揍一顿!"王大姑像放机枪一样指着王二的鼻子不停骂,又指挥着自己的小儿子赶紧去找人。

王二这下慌了,倒地上就开始打滚了,一边滚一边喊冤,那嗓门儿半条街都听得到,王大姑气得牙痒痒,拿脚一边踢一边骂:"你给我起来,你他妈的倒地上是什么意思?妈的,你给我闭嘴!老子今天刚嫁姑娘你就在我家门口打滚喊冤的!你这个晦气的狗东西!!你给老子滚起来!!!"

"你还没给我算账呢!"他继续打着滚。慢慢地来了一些围观和指指点点的人,王二滚得更加厉害了。

"谁来把这个泼皮无赖抬走啊!杀千刀的!老子今天真是倒了八辈子血霉了!!"王大姑向围观的人群发出了申冤和求助。没人能拿这个无赖怎么办。大家建议给他点钱打发走了吧,别丢人现眼了,为点茶水钱不值当。

"四块二毛钱。"王二听到人群中的建议马上机智地接话说。

王大姑的一口恶气还没来得及出就被他打败了,最后只得把钱赶紧给他以求息事宁人。他拿着钱后,跑得比兔子还快,自己一个人跑远了,躲在小镇的一个无人角落里大口吃起打包来的食物,吃完打个饱嗝,找了一块阴凉通风处就地一躺打起了呼噜。一直睡到夕阳西沉,直到一泡鸟屎把他浇醒,他起身拍拍土又打着哈欠往小镇外的远村走去。

夜晚的小镇,家家户户的灯光星星点点,此时,大多数居民已经看完了新闻联播,小镇电视台照例开始一首又一首的流行歌曲 MV 点播。穿着泳衣的 MV 演员在镜头前摇首弄姿,做作的慢动作把电视机前的孩子们看得莫名其妙,大人却看得如痴如醉。屏幕的上方是滚动播出的各种点播喜讯,贺王镇某村某组的张三李四新婚快乐百年好合,祝谁家喜添贵子,祝谁家的孩子周岁生日快乐、十岁生日快乐,祝谁家的孩子顺利当兵入伍,祝谁家的孩子考上高中、考上大学云云。按照小镇习俗,这些大小喜讯都会被在小镇电视台广而告之,之后还会在家大办酒席、宴请宾客。当然,小镇的丧事也会置办酒席宴请宾客,但绝对不会去电视台点播歌曲报丧。

小镇修车行丁师傅的老父亲刚刚仙逝，这个悲伤的消息不知怎的这么快传到了王二的耳朵里。酒席安排在葬礼之后，王二毫无悬念地准时到达了现场。他依旧支起小炉子在大门口前生了火，等把茶水一壶壶烧开，伺候完客人喝茶后，他默默地披条白毛巾，混在披麻戴孝哭红眼的主人堆里陪着哭起来了，哭丧的间隙还不忘给客人续杯。此番举动让一向忠厚老实的老好人丁师傅很感动，席散之时，看着正在酒席桌上拾掇菜盘的王二，丁师傅上前对王二说了一些感激不尽的话，王二很客气地说道："应该的。连水带哭一共五块八毛钱。"

有场子的地方就有王二，王二就靠着这种死皮赖脸跑遍了小镇及周边乡村的场子。有时候一天能连赶好几个场子，王二通常就不烧水直接钻进酒席场子里又唱又跳，唱完一桌他就把搪瓷碗一伸，意思是打发几个。运气好的时候会得几块钱的打赏，运气不好的时候，会被踢上几脚，王二捂着屁股嗷嗷叫着逃跑。这点轻伤家常便饭，但丝毫不妨碍他兴高采烈地奔赴下一个场子。

没场子的时候，王二就在街上到处游荡，有时候会凑到槐树下的石桌前看几个老头子下象棋。他看不懂棋，却会热闹地在一旁为每一步棋拍手叫好，下棋的田师傅正一筹莫展，朝王二瞪了一眼说："二！观棋不语！"一旁围观的老头子们不耐烦地推搡着他说："去去去，一边凉快去。"他起身打了个哈欠，接着在街上继续晃荡，碰到一群放学回家的小孩子们，一看到他就齐声高唱："王二，王二，你真二！皮肤糙，嘴巴大，就像一只癞蛤蟆！王二，王二，你真傻！模样呆，又邋遢，就像一只小王八！"唱完就哈哈哈大笑着一窝蜂地逃走了。王二也不气，只歪着脑袋，朝着那群孩子嘟囔几句只有他自己才听得见的话："你们才是小王八蛋呢！切！"然后继续漫无目地在大街上游荡，不一会儿撞见几个年轻的小混混们聚集在街旁打扑克。小混混招呼他过去，几个人把王二团团围住："王二，我听街上小武说你存了不少钱呢？来借几个钱给哥花花。"

"我一个叫花子，没钱存呀！要饭的那点钱刚够我填饱肚子呢。"

小混混一把拧起王二的领口顶到墙角威胁道："要钱要命啊？敢不说实话？识相一点就把钱交出来！"

王二连连哭求："大哥饶命啊，我口袋里真没钱啊，不信你搜。"

小混混在王二身上一阵摸索确实没摸到一分钱，他依然不放过王二，逼着他问钱去哪儿了，王二只能从实招来，说钱存信用社了。于是他领着一群小混混去镇上的信用社取钱，小混混在门口等着。王二来到信用社，他一边用眼色示意工作人员看门口的几个小混混，一边镇定地告状道："他们勒索我。"

工作人员说："二，告错地方了，你可以告到派出所去。"

"我知道，我这不是被逼着才来到这里的嘛，帮我报警。我一个要饭的，能有什么钱给勒索，他们非要把我的一点吃饭钱给搜刮走。同志行行好。"

不一会儿，警车开到了信用社门口，把一群勒索未遂的小混混拉到派出所去进行了一番法制教育，当天就被放出来了。王二当然还是被他们报复了一顿了，打得鼻青脸肿，几天都赶不了场子。但以后再也没见到他们找王二勒索了。

秋去冬来，当寒风吹落树上的最后一片叶子，小镇一年中最令人期待的寒冬腊月即将来临。进了腊月的门，闻到了过年的味，小镇的孩子们就开始倒数着农历新年的到来了。家家户户都开始准备着过年的各种年货，腌腊肉、打糍粑、搓汤圆、炸豆腐、粘糖果、炒瓜子、做米酒、制麻糖……小镇热闹非凡的年集上，也摆满了喜庆的年画、春联、香烛、鞭炮、烟花、灯笼。最让小镇居民欢喜的便是当地的一项传统风俗——划旱船。他们划着旱船，敲锣打鼓，走街串巷，后面尾随着一群看热闹的孩子们。船划到谁家，他们就把新年的祝福唱到谁家，谁家就要放鞭炮，放的鞭炮越响越长，寓意着来年日子越红火。队伍里最打眼的是划船的女人，她顶着一头毛线假发，画着骇人的唱戏妆容，两手提着一艘假船，身子从中空的船身钻出来，船身系在腰间，她唱着土戏，迈着碎步，提着船晃晃悠悠，像是荡漾在一片起风的秧田里。划船队有一人领队，负责高声领唱，他一嗓子吼出来的时候，鞭炮就得放起来，紧接着一群队友敲锣打鼓、附和齐唱，有的边唱一边在噼里啪啦爆炸的鞭炮上面跳个不停。鞭炮声越响，他们跳得越起劲，结束后人们会给点钱物或者香烟作为酬劳。划旱船的队伍庞杂，有本地的，还有外乡的，有专业的，也有业余的。这个时候当然少不了一个人来凑热闹，那就是王二。

王二混迹于各种划船队里跑龙套，扮演的角色不一，有时给自己涂个胭脂口红的大花脸，再缠个花头巾，扮个老旦有模有样地扭秧歌；有时顶个假猪头、挺着一个大塑料肚皮，左右摇晃地登场了；有时摇把扇子戴个大头娃娃头盔在队伍里蹦蹦跳跳……即便扮成这样,孩子们依然能一眼认出是他,他的标志性比"耶"的两根手指在空中晃来晃去,太深入人心了。有他的船队欢乐多,只有他才能将扮丑搞笑的精髓发挥到极致。恶作剧的孩子们爱拿小石子砸他的头盔,有时四面八方同时射来小石子,把他的耳朵都吵聋了,这时他就会生气地晃着脑袋,作势要去追打小孩子们,孩子们笑着风一样跑开了。他们还会拿棍子敲他的塑料大肚皮,敲一下就跑开,气得那头猪直跺脚,孩子们也笑得更厉害了。更有一些顽劣的孩子故意用一小节鞭炮悄悄系在他身后,把他的屁股炸开了花,痛得他在地上直打滚儿,扑灭了火苗,又一骨碌爬起来,捂着露半块屁股的破窟窿棉裤连哭带号地躲到小巷深处。

除了在船队里跑龙套,王二更多的是充当一个小杂役,比如帮队友整理戏服,当个搬运工或移动垫背的供队友敲锣打鼓用,大街小巷一天跑下来腰都弓得直不起来。跑一天的龙套或者杂役,给他的报酬是几根烟或者几块钱不等。每次忙完,他都热得满头大汗,累得筋疲力尽,往巷口的石椅上一躺,把小烟一抽,顿时觉得飘飘然了。当热汗干透,冷风从四面八方吹过来,他才觉知此时寒冬腊月的刺骨,于是裹紧了衣服,瑟瑟发抖地去街上买个烤红薯，边吃边往家的方向溜达去。

王二的家在哪里呢？磨山的那边就是他的家，他的家坐落在一个不足二十户的自然小村落，那里依山傍水、风景秀丽。他独居在一处祖上几代留下来的危房里，门前有一片矮墙院落，夏日草木丛生，要探进大门，还需拿着镰砍出一条过道才行。屋内常年暗黑潮湿，结满蜘蛛网，墙脚经常长出绿毛和蘑菇，也成了许多小爬行动物造访或栖居的地方。室内除了几把烂掉的老椅子、一张摇摇晃晃的旧桌子和一张黑乎乎的床之外，几无其他陈设。厨房里有一个常年不做饭的土灶，里面除却一些简易农具，堆满了稻草和垃圾。王二少年时便失去双亲，在同村村民的接济下长大。读完小学的他早早被迫学会了生存的本领，干农活、做家务，自己照顾自己。后来跟同村一个大哥学木工手艺，因为一次电锯锯木板意外失去双指，自那以后便疯疯癫癫。没了两根手指，很多活干起来也不那么利索了，心理也跟着残废了，正经活一样不干，自创了一个游手好闲的职业，靠着一张厚脸皮和一颗强心脏到处赶场子晃荡至今，不知不觉就在街头混了上十年了。很多人渐渐老去，他依旧那样健康得没心没肺。

时间的洪水把王二冲到了改变他命运的1998年。这一年，国内多个省份遭受了百年一遇的特大洪水，受灾人口上亿，房屋倒塌数百万间，小镇所属的省份正是特大洪水的重灾区之一。小镇人民一生都不会忘记那年夏天出现在他们眼前的一片汪洋。

七月下旬，小镇已经接连下了许多天的特大暴雨，降雨量突破历史记录，各河流警戒水位已经爆表，全镇人民在政府部门的指导下为防汛早已提前在自家门口堆上人高的沙包堡垒。小镇中心街区由于地势较高，且建筑防汛等级基本达标，洪水来袭时，房屋受损情况相对较轻。然而小镇旁的各个小村落却没能幸免，房屋被冲毁无数间，受灾群众成千上万，其中就包括王二所在的小村。特大洪水迅猛来袭的那一刻，王二正在睡觉，等他睁眼睛的时候，连床带人已经被洪水冲到了门前的院子当中，若不是院落中一棵老榆树把他的床拦住，他早被洪水卷走了。他蹲在床上死死地抱住榆树，回头看到自己那间百年不倒的土危房已被这场百年一遇的特大洪水所冲毁，"唉，也算是死得其所！"他望"洋"兴叹道。

他家是村里为数不多的几间土坯房之一，是最先被冲毁的那几间。其他十几间房是砖石结构，虽未被冲走，却半个屋身被泡在洪水里，受困群众大声呼救，很显然这是徒劳，二十多户人家，几乎人人都危，甚至已有村民遇难。洪水的破坏力超乎所有人的想象，王二顺着树干往树上爬去，试图找到可以落脚的地方。屋的前方是塘，屋的后方是磨山，左右是被泡在水里的左邻右舍，此刻只有爬到后山上去才能活命。他瞄准了隔壁邻居家屋后高高的院墙，它距离后山只有四米宽的距离，过去这是条土路，而今已成四米宽一米多深的长河。磨山是小镇一个有着千年历史的风景区，海拔不高，前山以磨山石为主体，后山植被茂密。现在唯一的办法就是跳到隔壁邻居的屋顶，穿过院墙，蹚过洪水就能爬到后山上去。于是他顺着树爬到了与隔壁邻居屋顶齐平的位置，抱着树，屁股坐断了一根较粗的树枝，拿着一根树枝就按照原计划一步步去做了。隔壁邻居是一位年迈的独居老人汪婆婆，王二穿过她家院墙的时候发现她既没呼救，也没慌张，只是木讷地蹲在一个大木桌上，平静地等死。

王二打个招呼："汪婆婆，来大洪水了！"

"二，我眼睛不瞎呢，是来洪水了，二，你怎么爬我院墙上来了。"

"我这不是逃命路过你家院墙嘛,你怎么不走啊?"

"二,我小脚不好走,平地走都要拄拐杖,何况是蹚着水走啊。我也活够了,我守着我这厢房子等着洪水把我一起冲走算了。"

"你可以坐脚盆划过来啊,你看你家的大脚盆都漂到你面前了。"

"不了,没力气划,即使划出去了一样被冲到大河里去了。横竖都是死啊。"

"哦,也有道理。蹲在家里好歹房子冲不走。只是会饿死。"

"二,给你一块饼子,逃出去没吃的,体力不支也不行了。"王二转身的那一刻被善良的汪婆婆叫住了。他打小就没少吃汪婆婆家的饼子。

那一刻,王二的心里突然升起一种微弱的怜悯之心。这些年浑浑噩噩、疯疯癫癫、死皮赖脸,早就忘记了怎么去做人,也忘了人性里还有这样一种情愫存在,尘封多年的性本善都快被汪婆婆的一个饼子叫醒了。

"太好了,汪婆婆,我正饿得慌呢。给我两个吧。"

汪婆婆钻进脚盆,夹着饼子,划到了后门口的院墙边,递给王二一块饼子。王二三两口就吧唧吧唧吃完了。"还像小时候那样好吃。"他意犹未尽道。

他正欲再要,话被汪婆婆抢了:"给,如果路上遇到其他村民,这剩下的饼子分给有需要的人。"
"汪婆婆,你给自己也留块呀。"王二觉得汪婆婆傻得厉害。
"我不饿。"汪婆婆正欲转身划走,被王二的一根树枝拦住了。

王二伸出树枝,戳到脚盆里,把汪婆婆的脚盆抵到了自己的身边:"汪婆婆,你爬上来,我带你走后门爬到后山上去,你这饼子我不能白吃。"
"二,你保重吧,我都活到七十多岁了,可以去死了。"汪婆婆拒绝道。

哪里由得了她呢,王二一个纵身跳进水里,站立时水面

九月的云

瞬间到达王二的胸前。他一下就把瘦得只剩一把干柴的汪婆婆举到院墙上。他一步步在水里蹚，汪婆婆小心翼翼地在院墙上一点点爬到了后院口。王二在后院扯了一根长长的晾衣绳，绑在后院口的铁门上，便跳上了院墙，对汪婆婆说："汪婆婆，我一会儿要背你过河，你一定要抓紧我哦，这边的河无隔挡，一个不小心就会被冲走哦。"

王二跳进河里就发现，没有攀附物，很难渡过这四米的河，他把晾衣绳紧紧绑在腰间，背起了汪婆婆，一步步艰难地蹚过了这条河，爬到了山上。他们自救成功了。王二累得瘫在山上直喘气，汪婆婆对他说了一堆感激不尽的话。此时，山下的村民也不断传来一声高一声低的呼救。汪婆婆小心凑到王二面前说："二，我听着前洲老头子的声音了，我还欠他一袋面粉没还。"

"你是要我去救他是吧？"王二闭着眼说。

"我可没说。"汪婆婆心虚道。

王二一个咕噜打起来："一个饼子！"

"好，给，快吃。"汪婆婆兴奋地掏出一个饼子给王二。

王二吃完饼子就跑下了山，一个多小时都没上来。汪婆婆急得在山顶上哭了起来，"都怪我这个老不死的多嘴啊，把我的二害死了，啊啊啊啊！他还这么年轻啊！"汪婆婆越哭越厉害，哭声响彻山林，直到被身后的一个声音打断："我还没死呢，汪婆婆，你看你欠我好多个饼子，你记住哦！"

汪婆婆猛地回头，泪眼迷糊中看到面前不远处松树林走来了一群人，正是王二和一群村民。王二一个人把村里被困的人都救出来了，汪婆婆激动得几乎快跪在王二面前了。

他们第二天在山上等来了救援部队，被妥善安置到安全的地方。洪水围困多日终于退去，小镇也终于恢复了往日的安宁。但是王二的日子却再也无法平静下来了。他的英勇事迹传遍了小镇的大街小巷，居然还上了小镇电视台。小镇电视台的王记者报道这位小镇英雄的时候，王二一脸懵圈，一向厚脸皮的他此时臊得恨不得找地缝钻。王记者问他为什么有如此大无畏的精神救出全村被困人员，他一再重申："我真的只是路过。"王记者不答应了，NG了无数次，最后几乎是央求道："二，你说句实话，让我早点下班吧，人不能在同一条河里路过这么多次。"

王二也对着镜头给出了一个让王记者恨不得拿话筒捶破

他脑壳的郑重回答:"汪婆婆的饼子太好吃,我一口气能吃二十个。"

王记者一句话没说,转身就带着摄像走了,留下这个小镇英雄不知所措:"我又说错什么了,本来就很好吃啊。"

王记者在路上对摄像小哥说:"后期把音消了,你来配。"

就这样,被加工后的小镇英雄系列片之王二的新闻一经播出,几乎引起了小镇的全民轰动,他的事迹一时被传为佳话。小镇宣传部组织开展了"学王二好榜样"的先进人物系列活动,他的事迹还被孩子们改编成歌谣来传唱,也成为小镇居民茶余饭后的必谈话题。

"真是太不可思议了,原来英雄就在我们身边,我以前还踢过英雄的屁股。"

"是啊,我家的大鹅还啄过英雄的后腿肚子。"

"想想曾经厚脸耍无赖的他,真的是判若两人啊。天灾见人心啊!太感人了!"

"王二呢,最近跑哪里去了?好久没见到王二了。"

王二的家被冲了,躲在汪婆婆家呢,一日三顿饼子伺候，日子要有多快活有多快活。自从新闻播出后，他已经被随便一个路人问都问烦了。为省去麻烦，他干脆连门也不出了，出门就被村民一口一个恩人地叫唤，他连蹲个公共茅厕都要跟村民礼让半天。小镇街上就更不敢去瞎溜达了，他想等这事热度过去了再出去。可是有什么用呢，热心的群众找上门来送粮送油送瓜果蔬菜，向英雄致敬，政府送温暖送补助团队一波又一波来关心，挡都挡不住。

一晃两个多月过去了，金秋十月正是小镇喜事连连的日子，升学宴、新婚宴、满月宴、周岁宴、十岁宴，宴席不断，人们的注意力总算有所转移了。是时候该出洞了。王二像经历了一场漫长的冬眠一样，对耀眼的蓝天极度不适。金色的阳光洒在他的破衣烂衫上，他眯着眼睛，打着哈欠，晃晃悠悠地顶着鸡窝头来到了熟悉的小镇街头，准备来寻找一些赶场子的机会。当他又不打招呼地在一家新婚宴的外场竖起两根指头，起了一个夸张的范儿，一嗓子吼出"九妹"的时候，正在大吃海喝的众宾客惊呆了，那个熟悉的王二又回来了。大家哈哈大笑，王二也不理会，继续五音不全地高声唱着："九妹，九妹，可爱的妹妹，九妹，九妹，透红的花蕾！"这家的主人哪里受得起，连忙奔到王二面前，拉住他就跟他作揖："二,使不得啊使不得,我这哪里受得起英雄来给我们暖场子!来来,抽根烟,你冷静一下。别再唱了。"王二烟也不接,很扫兴地头也不回就走了。

王二显然低估了小镇人民的记忆力和热情,当街上的人们再次看到他的时候,纷纷投来掺着敬佩和同情的目光,一窝蜂地把他簇拥着,有的领他去理发,有的送他一身干净的衣服,有的请他吃炸油条。他像个玩具木偶被人们随便摆弄,里外都不自在,如坐针毡。

回到家里的王二苦恼之极,汪婆婆对王二说:"二,赶不了场子,你这段时间就在家帮忙干农活吧。我的稻谷、麦子你给我收了吧,每天饼子管饱。"王二觉得还不错,欣然答应,一待就待到了年底。

冬去春来,又是新的一年。王二又忙着帮汪婆婆下秧种、插秧,种花生、扯花生,一忙又忙了大半年。退出江湖短短一年,外面竟是另一番天地。此时小镇人民正喜迎澳门回归、千禧年的到来,所有人都充满了对未来美好生活的盼望和喜乐,大街小巷处处都是欢声笑语,一片幸福祥和的景象。小镇人民的生活水平也提高到一个新的台阶，有些人去县城买房安家了，附近乡村的人来小镇买房安家了，小镇开始了第二波的人口流动；人们的喜宴也不在家大办流水席了，现在流行去饭店宴请宾客，免费的茶水饭店管够，宴会的仪式简约了很多，也不流行路人随意暖场唱歌了，有专业的司仪来主持；农村的流水席也兴请专业的厨师团队和乐队包办了；年味也开始慢慢变淡了，划船的队伍也少了好多……王二被时代淘汰的时候，连招呼都没跟他打一下。

　　看来靠死皮赖脸去烧茶卖唱跑龙套是混不下去了。汪婆婆看到王二终日郁郁寡欢，拉着王二的手说："好孩子，你老大不小了，时代变了，你人也不傻，就得想办法去学门手艺。"

　　"我不学手艺！"王二生气地说，他想起了十几年前的那场意外，眼泪在眼眶里打转。

　　"我知道你怕学手艺，小时候学手艺割断了你的手指。但是并不是所有手艺都很危险的。你这么了不起，一个人从洪水里救了全村人。"

　　"谁叫你饼子这么好吃！"他破涕为笑。

　　"别装了。你小时候光屁股的样子我都记得，我会不知道你是什么德行？"

"本来就是！好死不如赖活着，我还是帮你做农活吧，你做饼子我吃。"

"那我死了呢。你别跟我一个要死的人杠了。去学点自己喜欢的。"

"我想学唢呐，吹喇叭，加入乡村乐队，跟人家去跑场子。"

"二，你的指头数量不够，按喇叭得要十个指头吧。"

"那我就去当主唱。"

"二，莫害人了，你的歌唱起来要人命，你就不要再丢人现眼了。你不能专门挑战自己不擅长的，得把过去十几年丢的脸捡回来了，好歹对得起你的小镇英雄称号啊。"

王二和汪婆婆那天一直聊到夜深人静。活到这么大，王二头一回发现自己被人真实地尊重并鼓励重新做人。这远比小镇人民给自己扣一顶英雄的虚晃帽子要来得更让人信服和鼓舞人心。

汪婆婆没两年就死于肺癌了，留给了王二八百块钱的丧葬费和遗产。王二也的确没有辜负她老人家的遗愿，他老老实实跟街头的丁师傅学起了修车，修自行车、摩托车、汽车，一学学了三年。他勤勤恳恳，虚心好学。丁师傅对王二的舍身救人一直敬佩万分，他把毕生所学都教给了王二，更重要的是像父亲一样教会他如何做人，如何待人接物，带他去进货，带他与人打交道，带他去见世面。直到有一天丁师傅说："二，你已经可以飞了，不必困在我这里当小学徒。我也老了，过几年准备退休了，想休息了。"

王二辞别师傅，来到信用社，取出十几年跑场子攒下来的三万块钱，在小镇车站旁开了一个修车行，兼卖自行车。他的生意很好，认识他的小镇人民都来关照。他没日没夜地泡在机油、轮胎、发动机、各种车辆零件的修理世界里，乐此不疲，很有成就感。几年后他便在小镇买了栋二层小楼，还托熟人介绍娶了一个像汪婆婆一样善良的哑巴姑娘。

那天，他开着一辆崭新的轿车带着自己的小媳妇儿行驶在通往新家的小镇大街上。九月温柔的小风吹在他那张歪着的丑脸上，他的心飞到了十几年前的那个下午，他躺在巷子深处的石头墩上，看着天空的一朵接一朵的飞云，就像触不可及的美味棉花糖。他是怎么也没有想到自己的下半生会开启这样反转的人生。谁也没有想到。

另一种人生

当小镇大街铺满了汪叔家秋收后的金色稻谷，浓郁的稻香在小镇街上弥漫开来，我们知道，秋天来了。

南方的夏秋界限模糊，凉爽的秋风已经不是秋天来临的唯一信号，比秋风来得更早的是汪叔家铺满大街的金黄秋稻。汪叔，一个平凡普通的小镇农民，仅凭种田为生的他居然在这样一个全民创业的小镇里活成了一个另类。

在20世纪90年代的小镇，我经常看到一个弯腰驼背的老翁，挑着一对粪箕，手执一根细锄，永远低着头，皱着眉头沿街找屎，捡狗屎、猪粪、牛粪、羊粪，最后粪箕沉甸甸的，才满意地抬起头，挑着拾掇起来的一堆粪，喜滋滋地兜售给菜农当肥料。试想一下，在那个年代，连屎都能变为商品，还有什么是不可以卖的。处在这样一个风云变幻时代下的小镇，商品经济空前繁荣发展。沉睡良久的各行各业在时代的惊雷下都犹如破竹之势瞬间苏醒、百花齐放，个体工商户营业执照一时间几乎成了绝大多数小镇人民手里的一张名片，人人都想在时代的巨浪里做个弄潮儿，就差把"发家致富"四个烫金大字当成匾挂在家里最醒目的位置上了。在职的镇长业余经营着一家书画铺，体制内的小职员同时是鞋店的老板，学校的教员同时是卖早点的，双目失明的老先生是算命的，双腿残疾的是修鞋的，街上的哑巴是卖报纸的，要饭的叫花子同时也是卖废品的……

多年以后，当我再回想当年的小镇和汪叔的时候，才明白通往幸福的路有很多条，而他走的是最不起眼的那一条。

年轻时的汪叔长得清瘦却有力量，屋后一望无际的稻谷和麦田便是明证。春耕秋收，晒谷打麦，许多年都靠着他的一双手和一头牛、一根扁担合力完成。妻子梅姨的能干也丝毫不逊于丈夫，一片精心栽培的菜园、整洁有序的家居、一尘不染的几案、一群充满活力的鸡鸭猪牛，无一不体现她的勤劳和贤惠。

他们搬到我家对面的时候，我还是穿开裆裤的年纪，同时来的还有他们的一对穿开裆裤的儿女。他们一家四口其乐融融地挤在一座矮小的平房里，过着三餐四季的清简生活。凹下去的平房与周围整齐划一的二层小楼比显得格外突兀，门前夯实平整的泥地心安理得地铺在两旁的水泥地之间，门口一棵高大繁茂的梧桐树是夏日知了的天堂。隔着一条宽阔的马路，我总能闻到他们家的厨房飘来的柴火饭香和菜油香，那个香气一直存在我记忆里，永远无法散去。

打我记事起，汪叔和梅姨之间从来没有为任何事红过脸，也从没有见他们和任何邻里吵过嘴。汪叔热心善良，隔壁家的平台漏雨了，他二话不说提着一桶沥青帮人家修补平台的裂纹；豆婆儿家的骡子跑了，他跑断腿地去帮忙找回来；老张家的货车到了，他也不图任何报酬地赶去帮忙卸货搬货；谁家的孕妇跳塘了，他也是不顾一切地跳进塘里奋力救回两条性命；街坊的红白喜事都有他忙碌的身影。他是抗洪抢险最英勇的民间志愿者，也是居委会活动中最积极的参与者……面对人们对他的感激，他笑呵呵地答道："咱种地的，有的是力气！"他是我们街坊邻里出了名的活雷锋，更是我们小镇人尽皆知的好爸爸。

三月的小镇，阳光温热，门前鹅黄的梧桐嫩叶静悄悄地爬满了枝干，屋后池塘边的垂柳也不甘示弱地吐露新芽，磨山脚下的粉红桃花已经开得热闹一片，田埂上的小草沐浴在早春的晨光里，沉睡了整个冬季的土地等待着新一年的翻耕。鸡叫前，汪叔和梅姨就起床了，里外打扫，喂猪喂鸡，打理菜园，一直忙到太阳升到磨山顶。吃过早饭的汪叔赶着自己的大水牛准备去田里干活了，三岁的儿子也悄悄跟在牛屁股后面，爸爸在前面牵着牛，还不忘跟街上赶集的熟人热情地打招呼。熟人看着牛屁股后面的孩子细心地提醒道："小河，你这样跟在牛屁股后面，小心一泡牛粪浇你头顶上。"汪叔才反应过来，笑呵呵地一把把儿子抱起来放到了牛背上，牵着牛和儿子继续向前走着。遇到赶着骡子回来的田师傅："田师傅，今天天气好，不放骡子在外面自在一下啊？""它最近不太喜欢散步呢，一天到晚不围着磨转悠就不自在！"

他们拐进一条小路，径直来到了磨山脚下一大片开阔的田野，把小河放在田埂上，汪叔便唱着歌赶着牛开始耕地了。小河坐在田埂上一点儿也不觉得无聊，他最期待的就是守望着一趟趟疾驰而过的火车。当轰隆隆的火车满载着疲倦的旅客呼啸着穿过那片粉红桃花林时，田野中总有一个兴奋的孩子蹦跳个不停,来庆祝他们十秒钟的相遇,他对着火车拼命地挥着手臂大叫:"你好!你好!再见!再见!"有时候会点着远处的火车数着多少节车厢多少个车窗。

汪叔满头大汗地耕着田,笑问道:"小河,数清楚多少节车厢了吗?"

"没有。"

"将来爸爸带你坐真火车,到时候你走到火车面前一节一节车厢地数。"

"爸爸,他们从哪里来啊?"

"从远方来啊!"

"要去哪里啊?"

"要去下一个远方啊!"

"我也要去远方。"

"小河长大了就要去远方了。"

火车开走后的田野会沉寂许久,途经小镇的火车并没有很多,每天都有固定的列车时刻表。此时的田野上空只有爸爸的歌声和大水牛的叫声,小河也学着爸爸哼着歌。正处在对世界无限好奇的三岁小孩是怎么都不会感到无聊的,他趴在田埂上捉虫子、捉蚯蚓、玩泥巴，不到一会儿就跟虫子和蚯蚓处成了好朋友。给蚯蚓做泥巴房，给虫子做泥巴饼，把两只小活物折腾得团团转，到处找地缝钻。若不是一只飞过的蝴蝶逗引得小河三心二意及时救了它们一把，小河还打算把它们带回家去养哩。

翻完地，爸爸就带着小河把牛牵到了一个池塘边去喝水、吃草，父子俩躺卧在大树下的大石头板上歇息。小河依旧精力旺盛地数着天空变幻飘逸的云，爸爸却不知不觉打了一个盹儿。时间仿佛静止一般，四处弥漫着泥土和青草的芬芳，风从明亮的田野吹来，远处是春天里初绽芳华的桃花。已是正午，此刻正值小镇街市上的散集时间，人流慢慢从聚集的闹市散开，汪叔赶着吃饱喝足的牛走回大街上，虽然到家只是短短的一小段路，但仍难免有些顾虑，最怕一泡突如其来的牛粪浇到大街上而弄得尴尬收场，虽然这种事情已经很久没有发生了。

有人等你回家吃饭是种幸福，梅姨照例准备了一桌好菜。一起生活这么多年，汪叔从来没将这种幸福当成理所当然的事情，每次回到家还是情不自禁地把自己的惊喜和感恩通过表情和语言表露无遗。他笑呵呵地望着一桌菜打招呼："哇！太好了！小河，看妈妈今天又做一桌子好吃的！太幸福了！"今天的午饭有红烧鲤鱼、蘑菇肉丸汤、白菜炒豆腐，那人间美味飘到大街上，让饥肠辘辘的赶集人不由得加快了回家的步伐。隔壁的豆婆儿路过他门口，也不由得赞叹："梅，你这菜香的啊，挠心挠肺的。我要是意志力不强点，早扑到你餐桌上去了！你这厨艺不开餐馆浪费了哟！"

汪叔和梅姨整个春季都忙得直不起腰，仅种稻这一项就需要耕地、播种、下秧、灌溉、插秧等一系列环节，还要种小麦、花生、棉花、黄豆、红薯等农作物，院子里的蔬菜瓜果也得及时栽种、施肥、浇水。孩子们也忙得不亦乐乎，每年的春天都有一项神圣的事情等着他们去完成——养春蚕。把小小的蚕子放在火柴盒里，等待孵出小小的黑色的像小蚂蚁一样的幼蚕，长大一点再把幼蚕转移到大的鞋盒里，每日喂鲜嫩的桑叶给蚕宝宝吃，慢慢长成白色的春蚕。汪叔忙里偷闲也会跟孩子们一起去采桑叶，和他们一起期待春蚕吐丝的美妙时刻。

忙完一季的春种，小镇迎来了热闹而漫长的炎炎夏季。

突然卸去一身农活重担的他们自然是有些不习惯,鸡鸣即起、日落而息的习惯依旧未改,汪叔忙着打理菜园和猪舍,同时也帮人家做点儿木匠细活儿贴补家用。梅姨细心打理家务和照料孩子,有时候会去帮人家插秧,弯着腰在水田里插一天的秧,赚一点辛苦钱。但她却从没有对生活的抱怨,一如她多年都怀着中年妇女的坚强和温柔,总是有发现世俗生活中点滴幸福的能力。农闲时节的他们也会停下来品尝日常生活的悠闲和甘甜,日子过得倒也坦然。在汪叔看来,花时间陪着孩子们玩,也是一件重要的家庭事务,更何况是在乐趣无穷的盛夏。

小镇孩子最美好的童年时光大概都留给了炎炎夏日。盛夏小镇的午后,烈日炎炎,大街上的沥青路都要晒化了,所有的动植物都被晒得有气无力,除了知了——它们是绝不会午睡的,吱哦吱哦地在树上叫个不停。枕着知了声睡饱了午觉的人们陆续起来寻找一切可以清凉的办法,有去河里游泳的,有用井水泼地面去除暑气的,有自制凉粉爽口的,有冰镇西瓜透心凉的,不过,那个骑着自行车叫卖冰棍儿的可是孩子们每天最期待遇到的人。

汪叔常常会带孩子去池塘里游泳，去林间找野菜、捉昆虫，去河边钓鱼、钓龙虾、捉泥鳅，最后又把一盆盆的龙虾泥鳅都送到夏夜的餐桌上，变成鲫鱼烧豆腐、麻辣小龙虾、小炒泥鳅。那麻辣鲜香的诱惑搅得左邻右舍的味蕾不得安宁，大家纷纷咽着口水去厨房各展身手，不一会儿整出一桌桌下酒菜。天气太热，小镇人们经常把自家的餐桌搬到大门口吃晚饭，街坊四邻各自顶着碗相互串门儿，举着筷子聊天是常有的事。

左邻右舍都是生意人家，都在各自的行业领域里，挖空心思地忙着满地找钱，一年到头忙得晕头转向，生活的趣味自然少了几分，有时候看到偶尔悠闲的汪叔自然也会羡慕不已。这不，晚饭时分，隔壁的邻居煤老板钱师傅端着碗在汪叔门口的树下聊起了家常，"我说小汪啊，还是种地好啊，有忙有闲，日子优哉游哉。你看我，一年到头在煤堆里忙得灰不溜秋，也没忙出个什么名堂。"

"钱师傅你太谦虚了，现在市场经济发展越来越好了，你们这是响应时代号召啊，哪有不挣钱的道理？我们农民古往今来就是看天种地哩，作物生长有周期，跟着地球转，随着时令走，我又不能用锄头把地球拨快一点，有忙有闲太正常咯！"

另一种人生

"小汪,你说的也对。我看你一表人才,人也机灵,怎么没想着跟大家一起下个海经个商啥的呢?"

"钱师傅,我没经商的头脑,也没冒险的精神,我就擅长种田。再说咯,咱都去做生意了,没人种地了,那大家吃啥?总得有人种吧,总不能让它荒着呀!"

"小汪同志觉悟高啊,你好好种地,为国家多做贡献啊!"

"嗨,现在农民缴纳公粮的任务也不轻松哩,不过我年轻,力气大,尽自己所能吧!"

夏末之时,会赶上一波丰收的小高峰,田里的棉花、黄豆和花生即将面临收获,剪完棉花弹棉花,弹完棉花做棉被,收完黄豆打黄豆,扯完花生摘花生,晾晒完毕去榨油……汪叔和梅姨从夏末一直忙到初秋,而一年中最繁忙的秋收才刚刚开始。

当看到年初的片片荒地被一望无际的金黄稻谷所覆盖时,丰收的喜悦是溢于言表的。尽管为此付出了很多的汗水和心血,但是风调雨顺大丰收就是对农民这一年辛勤耕耘最好的回报。就像插秧一样,割麦子、割稻谷的过程本是一件极枯燥又乏味的繁重劳动,需要一直面朝田地背朝天地干活。

汪叔却总是用一种朝圣般的虔诚去领受大地对他的恩赐,他像一位土地的信徒一样,日复一日年复一年地把自己的热血和信仰付诸在大地上,拿出狂热的干劲去做着最繁重的劳作。可有些没种地的人就不这么认为了,"他只是不想承认辛苦罢了,不然怎么心安理得地当个农民呢?"面对一些对他的质疑,他抛出了这样一个不容争辩的理由:"大地是不会骗人的,种什么,得什么。"

他扛着镰刀站在丰收的田埂上,望着自己的劳动成果喜不自胜,标志性的憨厚笑容挂在脸上。明媚的阳光倾泻在大地上,汪叔的皮肤也被晒成了农民特有的古铜色,兴奋的时候也会对着空旷的天地呐喊,欢快的活力在整片金黄的稻田弥漫开来。接着他便一头扎进稻田,手臂快速地挥着镰刀,一茬一茬的稻穗儿旋即倒卧在他的臂弯,偶尔会有风从稻丛中吹来,除了镰刀割稻的声音和裤脚的窸窣声,周围是一片深沉的寂静,他在静默的大地上独享着一份只属于他的真实和自由。身后是无论晨昏都无比喧闹的小镇,那个熟悉的地方仿佛离他越来越遥远,尘土飞扬的大街、车水马龙的吵闹、人声鼎沸的集市、讨价还价的买卖、唾沫横飞的八卦、鸡毛蒜皮的争执……统统被淹没在一望无际的稻田中。

收割完稻谷,打成捆,挑到板车上,再推到小镇大街上,把金黄的稻穗一条街铺开,接下来等着阳光和大街上来往的车辆来帮忙了,一般需要三五天时间来完成晾晒和碾粒工作。把小镇大街变成金光大道是汪叔给小镇人们的金秋献礼,人人都有机会走金毯,可并不是所有人都领这个情,少数人还是会嘀嘀咕咕自己的想法。比如有轿车的个别人士就不乐意了,"我家的桑塔纳底盘低,你这稻穗搅进我车轮,耽误我出门买菜了。"

汪叔抱歉地说:"芳妹,真不好意思,耽误你出行,你看要不要这样,我这谷子也就晒个三五天,这几天你就辛苦挪你玉步去逛逛菜市场,就当给辛苦一年的小汽车放个假。"

养殖个体户也友情提醒:"我们家羊群每天都要出门散步呼吸新鲜空气,一路都要播撒羊屎,混进你的谷子里我可不负责哦。"

汪叔说道:"不要紧,人有三急,羊也不例外,何况它们又不是故意的。"

豆婆儿也凑近来跟汪叔打招呼:"你晒谷的这些天,我的骡子索性都不愿出去晃了,每天出门就是吃的,它就爱吃你的谷草,你可别见外哦!"

"吃吧,吃吧,胀死了我可不负责啊。"汪叔打趣道。

可在孩子眼里，就不一样了，这条金光大道成了他们的假日游乐场，他们在上面又蹦又跳，躲猫猫、跳稻草舞、编手环、编戒指、编跳绳……最重要的是，它还给很多小镇人们无偿提供了烧火做饭的燃料。

尽管汪叔秋收的忙碌要持续整个季节，但是小镇十年难遇一次的外省杂技团表演，汪叔再忙也要抽时间带孩子们去欣赏的。那场杂技团表演令许多小镇孩子永生难忘，那是我此生看过的唯一一场现场的杂技团表演，自那以后我决定绝不会再看任何杂技表演。

我至今记得当年万人空巷的景象。当听说有两辆外省大卡车满载着道具物品和杂技演员来到我们小镇后面的汪叔稻田里扎下帐篷时，杂技团次日公演的消息就已经在小镇的大街小巷传开了。开演的前一天是舞台的搭建、各项筹备和售票工作，稻田的安营扎寨处就已被小镇人民围得水泄不通，有看稀奇的，有咨询买票的。宛如穹顶的巨大帐篷架在满是秸秆茬的稻田上空，足足有一个体育馆那么大，演出场地一共设有四个入口和出口。巨型帐篷的后面是临时搭起来的田野厨房，里面一个大铁皮空油桶是临时的灶，一口巨大的锅架在柴火灶上,里面正翻滚着一锅面条。旁边是演员的休息区域。巨型帐篷的前面是一个临时售票点,一个四十多岁的肥胖女人,一手夹支烟,一手开着票,嘴里吐着烟圈儿,用一口浓浓的外地口音重复一句话——"三元一张,今晚七点,一经售出,恕不退票。"

临晚上开演还有一个小时,大街小巷的男女老少就已经乌泱泱地挤满了稻田,都巴望着等待随时入场。杂技团演员为小镇人民献上了他们有生以来看到的最惊险刺激的视觉场面,空中飞人、走钢丝表演、十八铜人、顶碗绝活、真人吐火、胸口碎大石……这一个个让人瞠目结舌的表演差点儿没把观众的心脏吓停,全场交织着此起彼伏的惊叫声、叫好声、叹息声。汪叔把孩子扛在肩头,让他坐在自己高高的肩膀上,他们挤在观众堆里,当看到十八个小孩子,浑身上下涂满了铜色涂料,现场为大家卖力演出十八铜人的时候,他的心紧张到嗓子眼了——现场的保护措施十分有限,稍有不慎便会摔下来。他一直紧紧抱着孩子,盯着他们的动作,生怕出什么差错,与其说是欣赏表演,不如说是受罪。意外还是发生了,一个小男孩脚打滑从二人多高的肩头掉了下来,摔在地上半天不能动弹,痛苦的脸几近扭曲。现场工作人员迅速把他抬离了巨型帐篷,放在帐篷外的休息区,他咬着牙忍着剧痛,眼泪悄悄往下滚,却不敢哭出声。汪叔也不看表演了,着急地跟着跑出来看孩子的伤势,还没走到孩子的休息区,便发现抽烟的卖票女人正举着竹条抽打着孩子,一边气急败坏地骂道:"妈的,拆老子台子!平时练着好好的,关键时候给老子掉链子!还指着多在这镇上驻扎几日,妈的,你这场子砸的,老子亏死了!平时给你好吃好喝,一到台上就给我整事儿!!!"孩子七八岁的模样,跪在地上,眼里噙满泪水,身体因为疼痛而无法直立,肩膀因为抽泣而不停颤抖。

汪叔再也看不下去了,走上前劝阻道:"大姐,他已经受伤了,你不赶紧找人医治,还这样打他,你这样合适吗?还是个孩子啊!"

"我管教我的人,什么时候轮到外人多嘴了,他爹妈在世也得敬我几分!你算哪根葱?!"

"你这是虐待儿童!是犯法的!"汪叔气得浑身发抖。

"你去告我,现在就去告!你要是能告赢我,我跟你姓。"

"叔叔,求求你别说了。你走吧!你走吧!"孩子满脸泪水地求着叔叔不要再管闲事。

汪叔回家的路上才反应过来自己的冲动行为给孩子带来

的后果，其实替他说得越多，他的下场会越惨，和那个女人理论丝毫不能改变什么，反倒会让事情更糟。想起孩子哭着求他走的样子，他难过得掉下了无助的泪水。五岁的儿子问爸爸："爸爸，你哭了。"

"是的，爸爸哭了。"

"爸爸是觉得杂技表演不好看吗？"

"一点儿也不好看，小河觉得呢？"

"也不好看，哥哥掉下来了，好痛。"

爸爸把小河搂得更紧了，悲伤地说道："小河，哥哥他没有爸爸妈妈了，所以才会这样可怜。你比他幸福太多了，长大了你要做一个勇敢善良、懂得感恩的孩子。"

时光在秋收的各种忙碌中总是过得很快，凛冽的寒冬已经悄然来临。一场大雪将一年的农忙按下了暂停键。把来年的种子打包后悉数归类存放之后，汪叔大部分的时间都是在屋前屋后转悠，庭前打扫，院后喂猪，还会留出时间陪着一双儿女玩耍。他像个大孩子一样，毫无顾忌地在家门口陪孩子们打雪仗、堆雪人，几个砖头一架就成一个小灶台，烤红薯，也会花很长时间给孩子们做玩具木头汽车、木头手枪、小滚轮、小风车,还会在家给孩子们自制爆米花和麦芽小糖人……尽可能地为孩子的童年制造更多温馨的瞬间。面对邻居们的不解,说一个大男人家怎么天天围着孩子玩,他依然自我慰藉道:"农民嘛,就这点好,有忙有闲。"

比起那些为了生计和挣钱日夜奔波而饱受生活摧残的小镇人民来说,汪叔是幸运的,也是明白的。作为一个跟土地打交道这么多年的人,他收获了更多生活的勇气,他心甘情愿地被时代的巨轮远远抛在后面,守住自己的家园,从自然和土地里找到自我平衡的生存哲学。他说:"过日子,就像挑担,不能失衡,一旦两头晃,担子没挑好,还得栽跟头。"他安于家室绝非反复思考的结果,也非刻意与时代抗衡,更多的是出于对土地和孩子的爱。

一场大雪唤醒了他对人生迟来的感怀,空气纯净清凉,望着漫天雪花和嬉闹的孩子们,以及磨山下的一片雪白田野,天地万物沉默不语,他愈发确定无悔自己的选择。

雪化后的小镇如水洗一般干净,阳光照耀在大街上,气温日渐回升,小镇一年一度最隆重的年关将至,大街小巷开始变得热闹非凡。集市上人山人海，各种年货琳琅满目，商家忙着赚钱，买家忙着囤货。而此时的汪叔家也忙着自制各种年货了。

年前腊月的重头戏就是杀猪宰羊，梅姨会亲手制作腊肉制品，一家人都忙着打下手，各有分工。大人图个喜庆，小孩子图个热闹，几天下来就把腌腊肉、辣灌肠、腌腊鱼都挂满竹竿了。只有经历了整个腊月的日晒风干，吸取天地精华，它们才能收获有别于生鲜鱼肉的独特醇香腊味，成为一代代小镇人最无法抗拒的味觉诱惑。梅姨还擅长做家乡传统小吃，豆丝是小镇人民腊月餐桌上必不可少的一道主食，豆浆和米浆的融合会产生一种特殊的口感，一家人围在热气腾腾的厨房里磨米浆烫豆丝是再热闹不过的腊月场景之一了。糍粑，一道看似简单的传统南方小食却需要众人执棍大力配合才能打出软糯细腻的口感。汪叔和几个大力水手们喊着"嘿呦嘿呦"，围着一个圆形石磨槽转着使出浑身力量打糍粑。米糖果，是物资匮乏的年代里人见人爱的一种零食，将炒熟的糯米混以熟花生、芝麻，拌进熔好的麦芽糖浆中冷却后切成米糖果块，这样香甜酥脆的米糖果值得小镇孩子们期盼一整年。发酵的古老工艺能够将食物变换出神奇的风味，小镇的特色饮品——米酒，几乎是每一个当地贤惠主妇的看家美食。将蒸熟后的糯米拌着甜酒曲裹在温暖的棉被里静静发酵一天一夜，次日便能品尝到甘甜暖心的米酒。小镇独有的湿润环境和微生物发酵共同作用会产生另一种时间的美食——臭豆腐，混以麻、辣、香的各种入味作料，最后将恬淡清新的豆腐升华到一种味觉新境界，绝对是小镇人最难以忘怀的故乡味道。厨房里最香的那一定要数各类炸货炒货了。记忆里最深刻的就是主妇静静地守着熊熊燃烧的柴火灶，在一口大铁锅前面一丝不苟地做各种炸炒的年货，如炸肉丸、炸鱼块、炸豆腐、炸藕夹、炸茄盒、炸红薯片、炒花生、炒瓜子，浓郁的年味随着一声声爆竹而达到顶点。

备年货、打扬尘、做新衣、贴春联、放鞭炮，小镇的农历新年终于在孩子的盼望和大人的忙碌中到来了。合家团圆的节日餐桌上自然少不了美酒佳肴，无论是穷苦百姓还是富贵人家，都会烹饪出各种佳肴来迎接中国自古以来最隆重的传统节日——春节，它担得起人们给予它的各种赞誉和期盼，没有什么比一家人围坐在桌前吃顿团圆饭更重要的了。

而梅姨的厨艺在年终这一刻会发挥到极致。汪叔一家人就围坐在春节联欢晚会的电视机前边吃边聊，孩子们大快朵颐，大人们喜笑颜开。除夕夜的团圆饭一结束，还有一项最有趣的活动就是包饺子。饺子，一种不常出现在南方餐桌上的北方美食却因除夕变得隆重而有意义。一家四口一起和面、擀皮、剁馅、调馅、包饺子，正是因为这样一家围坐一起包饺子的机会不多，所以对于他们才更显得弥足珍贵，而这些温暖幸福的场景定会留在小河一生的记忆里。对于清贫纯朴的汪叔一家来说，这种最简单的一粥一饭、一食一味都是漫长人生岁月里最深刻的记忆和欢喜，它藏于智慧和淡泊的人生信念里。

小镇农历新年的压轴大戏当属元宵节的舞龙灯无疑了。从正月十三正午开始，隆重的上庙起灯仪式为小镇一年一度最热闹非凡的元宵活动拉开序幕，两条龙灯在一对威武雄狮的带领下开启了元宵小镇环游记。两条龙灯，一老一幼，老龙历史悠久，百年传承下来的，属小镇北区灯会。一条子龙，相对年轻，属小镇南区灯会。小镇年年舞龙灯当然少不了小镇最卖力的汪叔了，他承担龙灯里最重要的一职——舞龙头，这个最耗臂力、对动作的灵活度要求最高的任务，汪叔舞起来却游刃有余，既轻盈又有气势。

那两条多彩的长龙在舞龙队成员的齐心协力下在空中灵活地盘旋舞动，随同的还有踩高跷队、腰鼓队和乐队、旱船队、秧歌队，现场锣鼓喧天，鞭炮齐鸣，蔚为壮观。大街小巷人山人海，家家户户张灯结彩，喜庆的祥龙追逐着龙珠在空中不断舞动，时而腾空，时而翻滚，时而转圈，气势十足。龙灯舞到哪里，众人就跟随到哪里，那肯定少不了小河他们这群小朋友，看着自己的爸爸像大英雄一样雄壮威武，心里甭提多自豪。龙灯所到之处，烟花鞭炮燃放不断，一时间，小镇大街红光漫天、烟雾缭绕，老龙和子龙如腾云驾雾般在空中舞动，那场面如梦如幻。

这是过年的味道，这是故土的味道，这是童年的味道。终于知道长大以后，远离故土，为什么只要见到放鞭炮就想追着去疯狂嗅鞭炮爆炸后的火药味，只想拼命地在这种味道中去找寻自己遥远的童年。相信这样喜庆热闹的元宵节一定是每一个小镇孩子心中无法替代的最美好的童年回忆。在科技愈快速发达、机器大工业生产、物质空前繁荣的今天，我们反而愈加怀念那些平凡世俗的东西。

"年过月半尽"，元宵节的落幕，为这一年的农历新年娱乐活动彻底画上了一个完美的句号。此时，大人小孩各归各位，回到各自的位置上准备收心开始新一年的忙碌和学习。在那个物质匮乏年代，大多数的小镇孩子是习惯了父母一天到晚、一年到头的忙碌身影的，唯有过年，他们才会有机会看到父母舒展的脸庞和放松的心情。生活对于大多数小镇人民来说还是沉重而颠沛的。孩子们见惯了父母的一脸愁容和日常中的鸡飞狗跳，也许隔着遥远记忆的怀旧滤镜，他们大多数都已经忘却了过去岁月里的痛苦和无助，美化了许多童年中的破败和苦难，只有在无意间被某个点戳到内心，才会感到隐隐作痛。

而同样在这个赤贫小镇长大的小河，无疑是幸福的，如今乃至今后的每一天都在证明一个毋庸置疑的事实，他拥有一个幸福的童年，这个童年是由汪叔和梅姨用爱与温暖给予的。汪叔没有高深的智慧，但一生正直善良、豁达开朗、安贫乐道。梅姨虽没读什么书，却事晓理通、智圆行方、知足常乐。他们伉俪情深，一生风雨同舟，甘苦与共，彼此相爱相守，尽其所能地给予孩子的童年最珍贵的爱与陪伴，也给予了他们充分的信任和尊重，为孩子们建筑起了最坚实的避风港。

另一种人生

我们搬离小镇的那一年,汪叔的家依然是一排整齐二层楼中凹进去的小平房。那时的他已经年过五旬了,小河也考上了大学,妹妹小江不愿意继续考大学深造,汪叔也并没有指责,只是轻轻提醒一下:"孩子,你已成年,义务教育阶段已过,你有选择放弃的权利,爸爸也不想逼你,但是你要对自己的选择负责。"

小江当然要为自己的冲动选择承担后果,而且在未来的很多年里便一直活在这个后果里。她早早跟一个乡下的男孩子结了婚,连生了两个孩子,生活拮据,还是少女模样的她短短几年把自己熬成一个灰扑扑的主妇。汪叔和梅姨看在眼里,疼在心里,嘴里却并不指责也不埋怨,只是默默地帮她照顾小孩,还帮她打理一个小营生——做早点,尽其所能陪小江渡过眼前的难关。欣慰的是,小江也多少继承了父母乐观的心态,舍得吃苦,也懂知足,小夫妻俩逐渐从生活的淤泥中挣脱出来,一家人过上了幸福普通的生活。

小河没有辜负父母的教诲,长大后的他做了一个正直善良、懂得感恩的人。大学毕业后,他选择去了远方,在异乡工作,随后也成家立业。虽远离故土,却一直惦念父母。纵然生活中也会遇到各种失落和痛苦，却总能在内心深处寻到最温暖的治愈，那是父母给他行走世界的盔甲。每当回忆起自己幸福的童年，小河都会认为那是父母赠予他一生最珍贵的礼物。

汪叔和梅姨依然生活在小镇，看着一双儿女平安无恙、生活幸福，他们内心更多了一份踏实。晚年的他们更像离不开彼此的一对老伴儿，种了少量的田地以满足基本温饱，闲时种菜浇花，圈养一群鸡鸭，还各自拾起年轻时的小爱好，汪叔吹箫，梅姨刺绣，自得其乐。从不愿打扰儿女的生活，只愿在他们需要帮助的时候出现，晚年生活倒也清静自在。热闹的相聚当然还是在春节，孩子们拖家带口地回到父母的身旁，父母张罗一桌好菜，一家人围坐桌前，推杯换盏，尽话家常，尽享天伦之乐。人生如此而已。

我最后一次见到汪叔是在一次回乡探亲的小镇大街上，他挽着梅姨，缓步穿行在人潮拥挤的集市上。他已经老了，发须花白，步履蹒跚。梅姨的头发也开始花白。两个人怕走丢一样，双手拉得很紧，他们的脸上还是一如既往地微笑着，不一会儿就消失在茫茫人海之中……

童年的油条香

我们的车子开到尘土飞扬的小镇大街,已是正午。我们特意提前下了车,顶着正午的骄阳,迈着轻快的脚步,穿过一条弯弯曲曲的百年老街,就来到了此行的目的地之一——曾经的镇小。

一栋教学楼如庞然大物赫然矗在天地之间,庄严的校门,宽阔的操场,整齐的树木,耳畔回荡从前下课铃声和孩童嬉闹的幻听。我望着白云在天空匆匆飘过,阳光如同细碎的亮片纷纷落下,风从四面八方吹来,四周一片寂静。我站在操场红旗下的一片水泥地上,望着曾经的那面旗,忽然觉得真是不可思议!上一次我在这里升旗居然是二十多年前的事,可明明就像发生在昨天。

那时，我还是一个活蹦乱跳的小学生，人人都说这个孩子聪明绝顶，将来一定不得了。二十多年后，当再次踏进这个校门，我就用事实证明了，他们都错了。我不仅没有不得了，反倒比当年的自己更蠢了，更胆小了。他们大部分的人肯定会疑惑，这些年，她到底经历了什么，她是怎么费尽千辛万苦把自己成功地作成一个胆小如鼠的笨蛋的呢？但只有一个人，他一定不会疑惑，更不会奇怪，出人头地这种事并无规律可循。谁说你可以仗着小学生的智商优势就能躺平一辈子？

我很想见他，可惜他多年前就已离开小镇了，不知所踪。

他是我小学的班主任。我一生遇到过很多个王老师，唯独这个王老师却总让我念念不忘。他刚带我们班的时候，我们觉得他很老了，其实也就四十来岁的样子。在此之前他已经是有二十多年教龄的数学老师，教过的学生不计其数。他一生倔强耿直，在学校只专心教学，从不关心其他，但跟学生却能打成一片，幽默十足。

那时候人人都知道，王老师有个河东狮的老婆，王大妈。他谁都不怕，校长、教育局长都从不忌惮的，唯独怕老婆怕得出名。王大妈，一个典型的小镇中年妇女，才四十出头，身材就被生活熬变了形，一张饱受岁月摧残的脸上，除了一双炯炯有神的大眼睛显示她曾经是个美人之外，再也找不到一丝青春的痕迹。额前的纹路清晰如沟壑，一脸的黄褐斑驻扎多年，一头枯黄的头发随意绑在脑后，这样的一个形象再配上一副斤斤计较的大嗓门，在我们小镇可以统称为"悍妇"。至于文质彬彬的教书匠王老师是怎么和这位性格迥异的悍妇走到一起的，没有人知道。爱情这东西，从来都是不长眼睛的。

　　王大妈经营着一家早点摊，每天起早贪黑，忙到脚不沾地。是的，小镇的妇女总是这么忙，总有那么多要忙的，没有忙的也要制造的忙。总之她们一定要让自己忙起来，才能在怨妇的位置上博取更多的同情和倾听。小镇的早点经济实惠、品类丰富，恨不得把中华东南西北中的各式早点整全了，包子馒头饺子面窝油条馅儿饼炸饼烧饼烧卖热干面酸辣粉牛肉粉牛肉拉面炒河粉炒年糕炒面蒸面豆浆米酒粥类，等等，花样多到连吃几个月都不重样。小镇人民清晨都有一个习惯，就是很少在家吃早饭，基本上都是上街找吃的，简称"过早"。所以，经营个早点摊并没有那么简单。王大妈每天三点就得起床完成和面、生火、熬粥、泡粉、洗菜、剁馅儿、做各种面点等准备工作，以应付早高峰源源不断的客人。

　　昨夜又批改作业到凌晨的王老师睡到六点还没翻身，在梦里被房外乒乒乓乓的声音吵得心烦意乱。"人，贵在自觉，"一个让人毛骨悚然的声音飘到床头，"差不多可以了，我忍你三个小时零二十四分钟了。"王老师一下惊醒，条件反射般地一咕噜打起来，不由分说就在半分钟内穿好衣服，火速洗漱完毕就加入了早点摊的忙碌之中。他把油锅架在大铁炉上，围起围裙就开始炸油条油饼了。

　　他们的早餐摊开在离镇小不远的百年老街路口，那里来往的人流密集，也是通往小学的必经路口，一大早，一群群的小学生们就排着队开始买早餐了。王大妈早就忙昏了头，耳朵都快被一张张喊着要吃这要吃那的孩子们吵聋了，恨不得马上长出三头六臂来对付这些饿死鬼们。她左手炒着米粉右手捞着热干面，还要腾出空来收钱找零，嘴巴也应接不暇。

"王阿姨，我先来的，为什么我的热干面还没好啊！急死了，我要迟到了！"小学生 A 说道。

"莫急，莫急，热干面比你还急，不在开水里多打几滚能叫热干面吗？"她一边捞着面一边说。

"我的拉面拉了半天了，可以吃了吗？"小学生 B 没耐心道。

"快了，快了，我就一双手，已经在卯起来扯面了，对了，你要加牛肉或卤蛋吗？"王大妈一边拉着面还不忘推销一下。

"不要，我就要清汤牛肉面。"

"吃牛肉和鸡蛋长得高。"王大妈继续气喘吁吁地劝道。

"这个我知道，不要钱我就吃。"

"你还是吃清汤牛肉面吧。"王大妈翻个白眼，把一把白面条丢进一锅清汤寡水里。

"王阿姨，我买两个小包子。"小学生 C 终于挤到了摊前。

"给，两个大肉包子。"王大妈赶忙腾出炒面的手拿了两个包子塞到娃手里。

"我不要大的，我要小的。"C 一脸不情愿地说。

"都是这么大的。"王大妈不耐烦地说道。

"我就要小包子。我就要小包子。"

"你要小包子是吧,我来帮你。"说着,放下锅铲,快步奔过去,一手拿过孩子手里的包子,果断掰成了两半放到他手上,"现在是小包子了。"

"可是它破了啊。"小孩子要哭了。

"没有可是哈,你吃到肚子里还稀巴烂呢。孩子快走吧,王阿姨忙得要死,可没闲工夫跟你比大比小。"

"王阿姨,你忘记了找钱,2块减1块9等于0.1,你得找我一毛钱。"

"哟,你倒会算账得很哩。"王大妈一边说,一边从抽屉里快速掏了一张灰色纸票塞给他,就回头去舀豆浆了。

"王阿姨,你给的不是一毛,是一张撕的报纸角。我认得钱,我已经读小学二年级了。"

"我的老天爷,"王大妈暗自震惊道,"老子真是忙花了眼!怎么犯这种糊涂!"

"对不起,莫见怪,包面窝的纸和纸钱混在一起了,没看清。"王大妈一脸尴尬地连忙赔不是。说完就一嗓子把那头忙着炸油条的王老师吼过来,指着抽屉的报纸条质问道:"是你剪的报纸放里面的吧。你是着魔了还是眼瞎了,把纸塞进装钱的抽屉,你是指着它们在里面睡一觉能变现金吗?"

"没有，就是随手一放的。"

"你的随手一放给我带来多大的尴尬啊，害得我被小学生当智障看。"

王大妈咬牙切齿地对着他小声嘀咕了几句脏话之后接着去干活了。此时已快 7：40 了，王老师放下炸油条的筷子，扯下围裙就往学校赶去。

周一第一节就是数学课，他满头大汗地赶到办公室，拿着教案教具就往班上赶。人还未到，油条味就已经提前飘到了教室。学生们早已习惯了，还在背后悄悄给他取了一个人尽皆知的外号，叫"干油条"。油条的课堂有一个惯例就是，他要求他走进教室的那一刻教室里要齐声响起全班大合唱，唱什么领唱说了算。我凭着一副好嗓子被点名当上了领唱，且从来没有辜负这项光荣的任务，哪怕前一秒还在昏昏欲睡，下一秒看到他走进课堂，也能马上站起来得意地随机高声领唱一首歌。他说，之所以让大家课前唱一首歌，目的是让大家打起精神，不许在他的课堂上打瞌睡。他真是想多了。他的课堂，连只苍蝇都不舍得打盹儿。他那一口浓郁方言味儿的小镇普通话很提神，幽默风趣的教学风格也让课堂充满了欢声笑语。

眼看着油条已经快走到教室门口了,我站起身高声起了一个"团结就是力量"的头,大家意气风发地扯着嗓子跟着唱起来,嘹亮的歌声在整个校园回荡,也钻到了校长的耳朵里,"不对呀,周一一大早就有音乐课?"校长一脸疑惑,他背着手寻着声音踱到我们教室门口,王老师正在陶醉地边听歌边擦黑板,哪里注意得到他?直到听到歌声突然中断,他才奇怪地转过身,发现校长黑着脸出现在教室门口,他摆摆手,示意王老师出来一下。

"王老师,你也是咱们学校的老教员了,注意影响,哪有上数学课唱歌的,这成何体统?"校长皱着眉头说。

"校长,您有所不知,我是想利用这种方式提前给大家提神醒脑的。"王老师一脸堆笑道。

"提神醒脑的方式特别多,比如你可以增加自己课堂的趣味性和吸引力,孩子自然就不昏昏欲睡了。但是严肃的数学课堂别用唱歌的方式。"校长依然板着脸。

"越是严肃的科目越需要用一种轻松的方式去开课,唱歌怎么了,又不是唱整节课,就一个擦黑板的工夫。而且据说反响还不错。不信你现场问问学生。"王老师据理力争道。

"同学们,用这种方式开课你们喜欢吗?"校长转过脸站在门口朝教室内的学生们问道。

"喜欢!"大家异口同声地回答。

"油条啊油条,你真是个老油条。班级成绩期末考试见吧。"校长一脸无奈地走了。

从此,这条惯例渐渐被越来越多的人知道,每当上课后校园里短暂地响起大合唱,大家就知道有个班开始上数学课了。

作为班主任的他除了日常教学之外还要管班上的其他事务,比如教室卫生、体能训练、课堂纪律、学风建设、关爱学生、组织活动等。

这天,课间操时间到了!孩子们一窝蜂冲出了教室,各班班主任终于把各自的小萝卜头们列队整理完毕。作为全校的优秀学生代表,我既要完成周一升旗仪式的护旗手任务,还要每天在学校操场的讲台上带领台下的全校学生一起做早操。今天的课间操,和往常一样,我大胆从容地走上讲台,背朝着大家,和全体师生一起静静等待着广播体操的音乐响起。随着熟悉的广播体操音乐旋律响起,我们开始有节奏地完成每一节体操的动作。起初一切如常，并无异样，后来渐渐听到身后传来稀稀拉拉的说笑声，我并没有在意，紧接着是一波又一波的笑声，我依然坚持认真地跳着。可等到了最后跳跃运动的时候，我能感受到全校学生几乎沸腾了，全场都在狂笑不止，领操员的职业素养依然让我没有转身回看。我很冷静地完成了最后一个动作，终于等来了广播体操的结束。当我转身走下台的那一瞬间，被台下的场景惊呆了，所有人都笑弯了腰，捂着肚子笑，瘫在地上笑。"发生了什么事？"我脑子一片空白，我本能地望向我们班队伍，大家都在笑，只有王老师一脸严肃地不停训斥大家不许笑，可大家仍然控制不住地捂着肚子笑。

我狼狈不堪地走到了队伍当中，已经预感到大事不妙。身后的同班女生告诉我一个让我瞬间崩溃的真相："你的裤子破了一个洞。"五年级了，一个十岁的小女孩已经完全知道丢人现眼是有多么难堪。我在人群慢慢退去的空旷操场的角落里躲着哭了很久很久，一个女生找到了我，她拿了一条新的校服裤子带着我去换了。后来她告诉我，体操一结束，王老师就急急忙忙跑到教务处给我到处找了一条校服裤子，交代她来找到我的。

回到教室座位的时候正赶上了班会课，班主任像什么事也没发生似的开始跟大家一起畅聊起了明天组织大家去河边春游的事情。我面红耳赤地低着头，在抽屉里发现了一封道歉信，落款是全班同学。放学后，我和一个叫王小二的捣蛋鬼被单独叫到了办公室，王老师开门见山："王小二，当面道个歉吧。有胆子摔人家凳子，就得有胆跟人家道歉。把人家凳子摔得钉子冒，这能不剐破裤子吗？"我恍然大悟。王老师默默查明了一切，又默默地把这个尴尬用每个人都接受的方式给化解了。我对他感激不尽。

次日下午的自习课，王老师如约带我们去春游了，我们在河边放风筝、捉鱼捉虾、捡贝壳……王老师像个大孩子一样和我们一起玩游戏，猜字谜，做脑筋急转弯，成语接龙，还举办沙滩排球比赛，我们玩到太阳下山才依依不舍地回家。平日里，王老师时不时带着我们走出课堂，利用班会的时间去小镇的郊外景点游玩，有时候会把数学课和自然课结合起来上。我们经常带回一些石头、贝壳、树枝、松果、昆虫、植物标本等东西，他会就此结合一些数理知识来跟我们一起讨论、学习，他总有办法把枯燥乏味的数学理论课变得趣味横生。

经常往外面跑当然会招来教务处主任的不满，"学生，学生，学业为重，出去游玩要担多大的责任，你一个人担负得起这么多孩子的安全问题吗？"

"主任说的不无道理，这些因素我也都有考虑，若非有十足把握，我也不会组织大家出去的。只要出了校门，大家一切行动听指挥，在保证安全的前提下让学生的生活和课堂更加丰富多彩。课堂内外皆有教学，学生的素质教育一定不仅仅是死读书得来的。"王老师解释道。

事实证明，会玩的班级也会学，期末考试班上总分、平均分、数学单科、及格率都位列年级前茅。而我就是那个学校里一直领奖领到手软的学霸，是家长们口中念叨的那个别人家的孩子，还代表学校去参加市级省级的各种大赛并获殊荣。人见人夸的时候自己也就飘飘然，直到我这朵浮云碰到了一次大型数学竞赛失误，从前三一下跌出前十，那种挫败感史无前例，我在失败的痛苦中一蹶不振了好多天。王老师的一次轻描淡写的谈话，我直到十年后才明白过来。

我被叫去办公室谈话的那天是一个春日的起风下午，大风吹得窗外的垂柳拼命摇，办公室的窗户都被刮得呼呼作响，他并没有老生常谈一些"失败乃成功之母"之类的话，只是用一种参透人间百态的睿智，淡然地说了一番话："人的一生长着呢，比这还要困难的事以后多着呢，不要把自己的视角圈定在这一小范围内，没有谁的人生一定要贴满奖状，可以允许自己失败，但不要允许自己放弃。多爬爬磨山，试试登山远眺的感觉。"当时的我对这种告诫不以为然，真正顿悟过来已是多年以后的事情。那次竞赛失误以后，我依然禀性不改，好胜心极强，在通往荣誉和名次的道路上依旧乐此不疲，浑然不知这为日后的长足进步埋下了隐患。

五月的一个星期二下午，从来不喝酒的王老师满脸通红地醉醺醺地跌进教室，这种形象的他我们还是第一次见到，所有人都目瞪口呆地盯着他。下午的数学课原计划是要讲期中考试卷子的，他故作清醒地拿着卷子准备讲题，可是脑子和嘴巴已经不听使唤。他东拉西扯，自说自话，又像说梦话，吐槽了一些生活中的身不由己，办公室里无聊的你争我斗。讲三句不相干的酒话，又讲回几道卷子上的题目，一会儿聊到天边，一会儿聊到眼前，这节课我们听得也醉醺醺的。校园里的消息总是传得特别快，当天下午大家都能知道事情梗概了。上午王老师和王大妈在早餐摊上大吵起来，这还是大家第一次看到他在王大妈面前大发脾气。起因是王大妈因为一点小事当着很多顾客的面对王老师说了一些他忍无可忍的难听话，王老师气得浑身发抖，差点把摊子都给掀了。最后索性撂挑子不干了，钻到一个酒馆去喝闷酒。那天中午他喝了好多好多烧酒，醉成那样还记得下午有课。

大家都疑惑为什么王老师在王大妈面前总是这样低三下四，一个小镇职业八卦好事者居然掘地三尺挖出了一个从来不为人知的惊天秘密。传言几十年前，还只有几岁的孤儿王老师被王大妈的父母收养，当赘婿养大，并供他读书读到师范后娶了王大妈为妻，说起来王大妈一家对他是有恩的。这样的惊天消息有头有尾，真假难辨，大家也是将信将疑，也没有去做过多考证，也无从考起。

当晚，王老师躺在学校办公室的长椅上睡了一宿。第二天酒醒后的王老师也自知昨天课堂上的失态，耽误了大家的学习时间，上午最后一节课不得不拖堂了三四十分钟给大家补讲卷子，同学们也十分配合地一直闷头做卷子。正午十二点半，学生们正饥肠辘辘地赶着做最后几题，做完就可以回家了，就在此时，教室门口，立着一个肥胖的身影，手里抱着一大筲箕的炸油条,油香气弥漫整个教室,大家咽着口水望着她——王大妈。看得出来王老师也是惊讶得说不出话来,他急忙跑出教室,两位在门口推搡了几下,王大妈的大嗓门很难不被听到:"躲着是舒服啊,我也想找个地方躲,你以为躲在学校里就能解决问题?你拿出你昨天的架势来跟我吵啊?不敢了是吧?怕在你学生面前丢人是吧?"

"你现在回去。我们不要在学生面前吵,回去再说。"

"知道怕了是吧,这是你昨天撂挑子后的任务。逃得了和尚逃不了庙。"

"油条卖到学校来了,成何体统!"

"王油条,你看着办,"王大妈快步走进教室,不由分说就把一筲箕油条放在讲台上,气冲冲地撂下一句话就走了,"卖不掉我就端到你们的办公室里去卖。"

王老师难为情地站在筲箕面前望望油条,看看学生,心里满是苦涩,他咬着牙半天说不出话来。饥肠辘辘的学生们七嘴八舌地纷纷表示愿意帮王老师这个忙。最后他整理完情绪,平静地在黑板上写下这道算术题:

求解:已知炸油条 100 根,男生 30 人,女生 25 人,若每个男生吃 2 根,每个女生吃 1 根,那么筲箕里还剩余几根?

童年的油条香

一个学生飞快地演算完题目后抢答道:"老师,还剩15根。"

另一个学生面露不悦:"老师,凭什么女生吃的比男生少!这题出得不公平!"

还有一个学生叫道:"老师,还剩0根。吃不完的包在我身上。"

一句话把大家逗得哈哈大笑。王老师说:"大家快上来领油条吧,一人一根,全免费,趁热吃,尽量保证人人有份。吃完快回家。"一瞬间教室里像过节一样,大家开心地一起享用了一次特殊的午餐,别提多兴奋。谁也不知道,那是我们和王老师共度的最后一个中午。

第二天,他没有来,说是有事请假了。

第三天,还是没有来。

第四天、第五天、第六天……王老师都没有来。

后来才听说,王老师辞职了。王大妈的早餐摊在第二天就停止营业了,听说两个人回了一趟老家,又闹到了法院里,最后又搬了家。总之,人们再也没有见到过他们。王老师的不辞而别让我们难过了很久很久,我们甚至还没有来得及去告别。

很多年过去了,每当闻到油香扑鼻的油条味,我都能想起曾经有一位可敬可爱的老师陪伴着我,度过了几年美好的小学时光。

她的名字叫虹

虹嫁到我们小镇，是当年轰动我们小镇的稀奇事，据小镇三条街上的传言，虹与她的香港老板告吹了，灰溜溜地跑回内地了。

年轻时的虹，生得一张俊俏的脸蛋儿，高挑的模特身材，烫一头的大波浪卷，穿一身酷酷的牛仔，蹬一双镶铆钉的大头皮靴——当年只身闯香港的她就是这身行头，靠在酒吧里白天黑夜地跑场子驻唱艰难度日。

就跟电视剧情一样，她凭借着自己天使般的姣好面容和动听的歌声，俘获了一个香港地产老板，并开始了衣食无忧的几年阔太般生活。谁知临近结婚，她在旺角撞见她的未婚夫正热烈地勾搭一个身材火辣的年轻女子，一气之下，两人

在大街上互扇对方五大巴掌后，正式分手。

虹连行李都没来得及回去收拾，直接买了连夜回内地的票，决意离开这个伤心地。

临走前，她还专程跑到维多利亚港，并不是为了最后一次欣赏港湾的夜景，而是对着这片港破口大骂。她把无耻的未婚夫骂得狗血淋头，把除了她直系亲属之外的所有男人都咒骂了一通，连带把维多利亚女王也骂了。临末，还朝维多利亚港啐了一口唾沫："呸！老子再也不会踏上这片令人伤心的小岛一步！"顺便把那颗订婚钻戒砸进了港里，转身消失在华灯璀璨的夜里。

一九九四年的春天，虹与我们的小镇青年闪婚，随后住进了小镇的新家，做起了我的邻居。这个老实憨厚的青年的名字叫茅司（湖北方言），即茅厕，就是厕所的意思。所以茅司也有一个人尽皆知但是一般人不怎么喊的绰号，叫厕所。

至于他当中学教师的爸为什么给他起这么惊世骇俗的名字，一直是个谜。虽然他只不过是个体育老师，但这也不能成为胡乱起一通名字的正当理由,否则其他体育老师一定不答应。我们也不打算问名字的来由了,因为只要问了,便是一种冒犯,我们假装这是一个很正常的名字,每次都很克制很恭敬地喊他一声茅司哥。

但是接下来的事情就更让人替他们家孩子心疼了,他爸紧接着出其不意地给茅司生了一个弟弟,居然也得意地给他取名叫小茅司,可见他爹一辈子多么钟情于厕所。

他爸在起名字方面这样吊儿郎当的德行简直让左邻右舍发指,大家背地里议论纷纷。

张三说:"怎么能取这么恶俗的名字,我们家的亚洲、非洲要是有这个名字,一定气得爬回娘胎了。男孩子名字一定要大气,只要我还生,我打算把亚非拉美整全了。"

李四说:"是啊,我家国庆、国安都不好意思跟他们踢球了,一不留神就掉俩茅厕了,哈哈。"

王五说:"别说你们男孩子嫌弃了,我们家女孩子们都嫌弃，人如名臭，我们家艳香、桂香以后要是嫁人我首先要看名字是不是气味相投。"

茅司遗传他亲爸一米八的身材基因，自己也不加控制地长到了一米九，好在性格并没有遗传他爸的火爆脾气。大小茅司从小就被自己的亲爹当沙包捶，当铅球扔，当足球踢，当鞍马骑，当一切体育场上可以当的运动器材来练手。

尤其当他爹在学校挨批后回来第一件事就是狂喝一斤烧酒，喝得满脸通红，眼珠鼓胀，面目狰狞，然后把两个茅司提溜起来吊打。

小茅司被揍烦了，一气之下，还只有 15 岁的他，就伙同另外几个小镇青年，带了几个咸鸭蛋就一起南下深圳打工了。

只留下茅司留在家里挨揍了，虽然他生得憨厚，身体皮实、扛揍，但是再老实的牛也有发疯的一天。终于有一天，茅司被揍爆炸了。

两个近两米的巨无霸在家里的神龛子前，挥舞着铁拳打起了擂台,他们打得地动山摇,住在隔壁的我们吓得发抖,生怕这薄薄的一层墙壁会被二位打穿。结果,老的被小的打趴在神龛前求饶,茅司依然死死不放手:"还敢打老子吗?"老的吓得连连摇头。茅司哥这才松了手。

很快,这个一米八的老头子一骨碌打挺起来,冲到门前的街当中,立马倒在地上摆成一个"大"字。烈日当空,他仰躺在灰扑扑的马路上,朝着一无所有的天空申冤,嘶吼声响彻街头巷尾:"反了天了,真他妈的反了天了,老子×你仙人啊!……"躺了半天,他发现大家并没有上前围观,半晌,他自己也觉得无趣,便起身拍拍屁股的灰,双手插兜,装作没事儿似的径直走到街头打酒去了……

这时,刚才还寂静无人的"大"字地方,不约而同地慢慢聚集了七嘴八舌的街坊邻居,他们对着渐行渐远的灰屁股指指点点。这么盛大的打斗场面,一辈子爱好八卦的他们,怎么会放过这个不要钱的机会不去观赏呢!只不过大家是吓得躲在家里密切窥视茅司家的一举一动。茅司家每天被人们谈论的次数,不亚于他们每天上厕所的次数,便秘的不算。而此时的茅司呢,臊得躲在家里不敢出门。

自从那一场单挑后，茅司哥在家取得了话语权，老头再也不敢揍他了。老头也渐渐老了，退休后整日喝酒，喝完就昏天暗地地挺尸。年年如此，直到把自己喝到了肝硬化晚期，然后在半年的时间里迅速把自己瘦成一把干柴，走起路来像一个骷髅架摇摇晃晃，一阵微风都可以把他吹倒，才不过几月，他便急着去"见马克思"了。

而茅司呢，踏实本分做事，靠着多年打工攒下的钱，买了一辆小客运车，还娶上了媳妇儿。所以，虹这朵娇艳的鲜花是如何掉进茅厕的，大街小巷流传着各种各样的版本。比较写实主义的一个版本是这样的：

虹与茅司相识于街上一个昏暗的卡拉OK厅。年轻的茅司坐在破皮的沙发角，完全被那个唱歌的漂亮姑娘吸引住了，他出神地呆望着她，从人满为患一直望到歌厅就剩他一个观众。这个漂亮姑娘在台上唱一些酸麻的情歌，把台下这位唯一观众的心唱开了花。

后来这位很少去卡拉OK厅的观众，隔三岔五就跑去看那位漂亮姑娘唱歌。每次呆坐着到最后一个走。后来两人熟起来了，起初只是谈谈齐秦、刘德华，再后来就是谈谈吃喝，聊聊天气，就在茅司搜肠刮肚完所有无关紧要的话题之后正打算跟她谈情说爱的时候，漂亮姑娘不见了。

一连好几周，茅司都没有看到那个漂亮姑娘。他四处打听才知道，虹被同乡骗到外省的传销组织了，人身自由都被控制了，听说连她爹妈都懒得管了，就当没生她似的。这下茅司真急了，几经波折找到了那里，花了一万块钱把虹给赎回来了。

这件事后，虹决定死心塌地地跟着这个高大憨厚的男人过一辈子，她才不在乎人们的闲言碎语。他们的婚礼在乡下办了三天三夜，请全村人每天从白天吃到黑夜，足足吃空了有三间房的食物。

虹嫁到我们小镇的 1994 年，世界上同时发生了许多事：彗星与木星相撞，曼德拉宣誓就职南非新总统，联合国明确表态贫富差距就是知识的差距，欧洲经济区成立，中国进入改革开放的攻坚年，无数伟大的电影诞生……当然，这年也是老张的生意做得风生水起的一年，不过在那年缤纷的盛夏，更值得一提的还有我妹头顶上冒出的 32 个包。

经历过香港男友背叛和传销逃难，同时被双亲抛弃的虹，格外珍惜茅司。她深信眼前这位稳如磐石、心平气和、憨厚迟钝的老实男人一定是她一辈子的依靠。于是，虹的小镇新生活正式拉开序幕。

我至今清晰记得她刚搬进新家的样子。

那天，他们拖了一卡车的家具家电，她从卡车驾驶室灵活地跳下身来，高挑的身材着一身时髦行头。阳光穿过门口的杉树，闪闪烁烁，照亮了她玫瑰色的脸庞和天真的双眼。麦芒色的微风，吹拂着她一头温柔的大波浪卷发。

她进屋后，就忙前忙后地指挥茅司和另一个小工搬她新买的家具家电，有雕花的斗柜、梳妆台、席梦思床、大沙发、彩电、冰箱、卡拉 OK 音响设备……家里的旧家具和旧家电同时撤回卡车贱卖。

接下来的几天，虹打理着家里一切摆设和布置，虽然她口口声声骂着"万恶的资本主义"，但是已经不自知地沾染上小资产阶级的生活习气，吃、穿、住、用样样讲究。

　　她第一件事就是翻新墙壁，把家里刷上淡绿的墙漆。修葺后院，除掉杂草，种上了美人蕉、月季、栀子花、夜来香、葡萄树、桂花树。布置典雅的客厅，大逆不道地撤掉了神龛，撕下了"福娃抱锦鲤"，装上五颜六色的彩灯，摆上了鲜花。还好陈老师不在，不然肯定要把她捶碎。

　　家里所有的器物虽谈不上奢侈，但都是她精心挑选的，只要她喜欢的，茅司都全力去满足她，虽然他的存款已所剩无几。虹也自知应当节俭克制，但是在有些方面，她坚持宁可少吃几顿饭也不能不讲究。

　　虹无论出现在小镇哪里，总能引来路人的注目礼，再破烂的菜市场，她都能走出一条个人T台，买个菜都能给自己画一个精致的妆。她小心翼翼地挑着菜，从不讲价，买完就走回自己的T台，得意地享受着人们对她的围观和指点。

　　虹爱去街头阿星开的音像店买唱片和影碟。从她家到阿星那儿要走很远的一条街，中途会路过一个桥头，那里成天一字摆开一群终日无所事事、只知道打着哈欠晒太阳的地痞。他们老远见她来了之后，立马打起精神来，不是朝她吹口哨，就是朝她唱港台流行歌，她用余光投出她的不屑和蔑视，不过内心倒高兴得很。

平日里，虹除了在家唱卡拉 OK，就是去街上卡拉 OK 厅里唱，唱够了就去舞厅里跳跳舞，跳累了就回家养花弄草。有时候虹会跑到我家批发部来买很多零食和饮料来边吃边看港片……虹在家诗意地栖居着，茅司早出晚归跑客运，两人恩爱如常，恬淡美好的小日子在他们面前悠悠展开，幸福得好像没有尽头似的。

如果一直是这样的话，那么关于虹的故事这个时候就应该结束了。并不是。

后来，街坊邻居开始背后指点了，女人总这样玩下去不像话，得生个娃。对此虹并不反对，玩也玩够了，她正急于给平庸的生活添一丝新的改变，以此证明自己有所作为，同时也好奇做母亲是个怎样的体验。

要子得子，她以迅雷不及掩耳的速度在三年的时间连生两娃，一男一女，茅司心花怒放，觉得自己什么也不缺了，他已经得到了他想要的全部人生。可是当了母亲的虹却忙乱不堪，她连自己都没心思打理，更别谈所谓的精致生活了，花早就干死了，家里堆满了尿布和脏衣服。

紧接着她性情开始变得敏感易怒，直到被两个只知道号哭吃奶的孩子和无穷无尽的屎尿弄成了产后抑郁，体重疯涨到180斤，身材严重走样，一脸油腻的横肉，面目狰狞可憎。她开始讨厌照镜子，假装自己还是曾经的模样，仍然不加控制地往空虚的胃里塞东西，结果再也没有瘦回去。舞厅也不好意思去了，得空就跟隔壁几个胖大妈打打麻将缓解焦虑。

茅司的快活日子并没有持续太久，小儿子出生才两个月，他的客运车就出了事故——茅司在小镇的国道口撞死了一个人，死者家属索要30万赔偿费。这件事如同晴天霹雳，给虹的生活丢了一颗深海炸弹，把她瞬间炸懵了。她还没来得及宣泄对产后生活的诸多不满，自己的产后抑郁症及各种"矫情癌症"瞬间就被突如其来的变故给治好了。比起人命关天，那算得了什么。

茅司拿出自己所有的积蓄、四处借钱还不够还上一半，最后不得不去信用社办贷款，将自己的房屋抵押给银行。然后更加卖力地去赚钱了。请不起售票员，虹只有亲自出马了。

她开始与这个丈夫一起风里来雨里去地拉客载客了。她带着娃开始了不停奔波的客运生活。为了拉到更多的乘客，她扯着嗓子从早喊到晚，当年在香港驻唱的她怎么也没想到，她的好嗓子最终用在了这里。

关于茅司家的事情第一时间就传遍了小镇的大街小巷。说来奇怪，自从虹落魄了，人们的道德感马上油然而生，不由得开始同情起虹了，当年的玫瑰花在短短几年的时间里枯萎凋谢了。

如今的她像换了一个人，用尽了生命的全部意志去与丈夫共同患难、偿还家债。无论严寒或酷暑，她的肥硕身影在尘土飞扬的大街上来回穿梭，尽力地招揽乘客，卖力地与人讨价还价，热烈地跟其他乘务打成一片，接着她在小镇上也有了自己的社交圈子。

不跑车的时候，就地就能支起麻将桌开始打麻将，她迷上了这项娱乐活动，并且练就了一身边打麻将边在大庭广众之下给孩子喂奶的不害臊本领。虹只顾着打牌,也不觉得哪里不妥,当地所有妇女都这样,"娃饿了嘛,我能怎么办?"

炎炎夏季的跑车间隙,她会跑到西瓜摊去买西瓜,先是叉着腰跟人家讨价还价一番,然后目不转睛地盯着杆秤,谨防缺斤少两。最后放心地递过钱,喜滋滋地抱着跟她肚子一样圆鼓的西瓜,胜利地走开了。来到客运站,她迫不及待地徒手劈开西瓜,掰开瓜就蹲在地上,哇哇哇大口吃起来。三下五除二就吃完了,顺便就着吃完的西瓜瓢儿,把自己的黑脸也洗了。

跑完车的晚上,就一起邀一群牌友去下馆子吃牛蛙肉,她觉得大火爆炒后的牛蛙后腿肉最嫩。第二天清晨跑早班车的她,有时候脸都来不及洗,就穿着拖鞋披头散发地出门了,边吃一个韭菜馅油饼还能边跟炸油条的摊主吵一架……

终于,历经几年的艰辛,茅司家的经济开始慢慢好转了,但虹却一刻不得闲,她已经习惯了忙碌和奔波,并享受其中,一旦停下来,她会觉得无限空虚。于是短短几年的光景,她成功地把自己打造成了一个当地小镇千篇一律的勤劳胖婶形象。

这并不是奇迹,相反,它太普遍了。小镇的大部分妇女都有一段类似的进化史。

我最后一次见到虹是我高中毕业那年,那时我家的房子早已卖了。回到小镇旧地重游,往事一幕幕在脑海中扫过,昔日热闹非凡的小镇新街变得异常凄清,人都转移到商贸街去了,曾经的街坊邻居换了一批,只有少数几户还在,虹是其中之一。

我转悠到她家。推门进去是客厅,曾经的墙漆现在已斑驳,整个屋子的墙壁被孩子们胡乱画得、涂得稀烂。客厅装上了写着"一路平安　财运亨通"的山水中堂画,客厅的沙发磨破了三个屁股印,沙发靠黑乎乎的发亮,椅子上东一件脏衣服,西一双臭袜子。家里早就没有了鲜花,有的只是轮胎、机油、发电机等器具,堆在客厅的一角,卡拉OK设备早已不知所踪。曾经的雕花柜结满了厚厚的灰,上面搁着一个很久没洗的碗,里面的残渍菜叶干在碗底像标本……

转到后院,尚不满三十五岁的她居然苍老得跟四十五岁的大妈一样。她的身材已经完全变形，头发剪到了耳朵根，脸部如同坍塌的门面，双眼黯然没有任何光彩，豆大的汗珠沿着她粗糙的皮肤纹路往下流淌。她正从茅厕卖力地挑出一担大粪，欲给小院的菜园施上有机肥。当年的月季、美人蕉、夜来香早已被砍个精光，取而代之的是韭菜、大蒜、辣椒等蔬菜。

尽管我能想到庸常的生活和现实的变故会改变一个人，但我万万没想到会将其改造得这样彻底。一个人能跟自己过去热爱的事物彻底决裂，这种固执和义无反顾让我感到不可思议。曾经清澈的生命之河，如今淌成了一河浑水，一天枯似一天，河床渐露，她索性就在淤泥里踏踏实实地打起了滚。

她一见到我，边颤颤巍巍地挑着担子，边扯着浑厚敞亮的嗓子尖叫着："啊！稀客啊！"接着她兴奋地卸下担子，满脸堆笑着尴尬表示：浇过大粪的蔬菜吃着才香甜可口。同时盛情邀请我在她家吃饭。我连忙婉拒，表示已经吃过了。

那日，她努力克制但又情不自禁地倾诉了自己的诸多生活窘况，又泛泛地抱怨了家长里短。讲完了临别前千篇一律的客气话之后,我便起身要走,她一再坚持留我吃饭,我一再坚持不吃饭,拉扯到两个人快打起来,我们便匆匆别过。之后我便再也没有见到她,后来得知她也离开小镇了,跟随茅司去山西煤矿打工去了。

尽管最后见的一面是虹在挑大粪,但她留在我脑海中的形象,依然是当年那个纵身跳出驾驶室的美少女形象,一身牛仔和大头皮靴,阳光下满头的大波浪卷发,天真的双眼闪烁着青春无限的光芒。

奇葩老何

一

老何是我妈,她是一朵奇葩。她的母爱保质期比刚出炉的面包还短,对我们的耐心值最多三天,撑到一周算修行,熬过半月能把她憋疯,一个月直接就开赶。我们很自觉,往往在她轰之前就早早滚蛋了。跟她相处就像谈恋爱,只适合远距离,不能凑太近。在一起嫌弃,分开了又惦记,真是又麻烦,又做作。

通常,在我们回家前的半个月,她隔天就来电话报告她为了欢迎我们所做的一系列准备工作进度:被单床套洗了两遍,地扫了无数遍,天花板的扬尘也除干净了,你们的拖鞋我都做了好几双,米酒做了一大坛,土鸡蛋买了上百个,杀了几只鸡，鱼虾牛羊肉在案板上各就各位，就差把菜给你们整上桌了……最后不忘肉麻地补一句，欠坏了咯（想死我了）！

老何的话要拣着听，有些是浓情蜜意时的自由发挥，不能太当真，实际情况往往要打五折。当然在电话里，你还是要配合好她的情感节奏，该欢呼该惊叹该期待该称赞该响应的一样也不得马虎！不能让老何心生疑虑：咦，她变心了？

摸清老何的套路是这些年我们几个姐妹每次返乡后总结出来的共同经验。我们的待遇等级随相处天数的递增依次降级：第一天皇帝待遇，第二天地主待遇，第三天平民待遇，第四天乞丐待遇，第五天自食其力。之后的就随便吧，自生自灭。

第一天，相见时笑脸相迎，两眼闪烁着慈母的光辉，对子女的爱意和心疼溢于言表，那是真情流露，装不出来的。她会提前准备好满满一桌我们爱吃的菜肴，让我们感动得想哭！废话不多讲，尽情享受吧！不要抢着洗碗扫地，不要讲半点客气，今天跟她抢着做事她会跟你急！她能殷勤到什么程度呢？有一年春节，我们几个姐妹到家后的第一天夜里，带回来仅有的几件行李衣物外加脱下的衣服，被老何趁我们熟睡时洗劫一空。她挑灯夜战，把我们所有人的干净的、脏的衣物洗得一件不留，连一只袜子也没有放过。天晓得接下来的南方接连阴雨，持续整整一周，我们几个大闺女穿着睡衣睡裤瑟瑟发抖地过完了史上最邋遢的农历新年。

第二天，你可以继续放宽心睡安稳的懒觉，她一定会心疼你，等你睡到自然醒。这不算什么，赶上栀子花开时节，我们的老何会早起去村头寡妇家摘上满满一捧的挂着露珠的栀子花，悄悄放在你的床头，让你在栀子花醉人的香气中自然醒来，伸个懒腰，迎接故乡的第一个美好清晨。然后，老何会笑盈盈地把丰盛的早餐端上桌，这些你心心念念最想吃的家乡牛肉粉、红油热干面、油条、面窝、豆腐脑等各色小吃，都是她起特大早去集市上买回来的哦！午餐当然没有昨天满汉全席那般夸张，但是绝对算得上丰盛！你依然可以吃完饭大摇大摆地瞎溜达，心安理得地横着躺。

第三天，你就要小心了。老何的热情和耐心值只剩半格，而且这一天会加速放电。大清早你会隔着房门听到她一边在客厅扫地一边扬着声调故意说给你听，老的小的个个睡得横七竖八，还得排队伺候你们一窝，七个人恨不得要做八顿早饭，老的要吃面，小的要吃蛋，老不老小不小的要吃饭！这个时候，你要赶紧在她发作之前，一骨碌打挺起来奔出去把老何手中的扫把接过来，并主动请缨帮忙分担。今天的午餐就简约很多了，美其名曰不铺张浪费。晚餐随便糊弄一下凑合吃吧。

第四天，老何也不用隔着房门演了，直接推门而入，用她洪亮的大嗓门儿叫醒每一个装睡的我们："勤快妈养懒姑娘，懒妈养勤快姑娘！太阳都上三竿了，你们这是打算躺到什么时候？伺候了你们几天，还真把自己当客了？"话音未落，每一个都迅速从床上弹起来，尽听老何吩咐，该干啥干啥，安排得明明白白。谁要讲条件或者多问一句，老何随时跳起来用嗓门儿让你分分钟闭嘴！今天的午餐崇尚的是一锅炖的极简主义，最好是能顺便把晚餐的那份也免了。记住今天不能挑三拣四，不能提建议，更不能提要求，否则，老何会立马撂下筷子，拿眼神邀请你去厨房亲自给她示范一下什么叫作讲究。

第五天，也不用老何叨唠了，懒姑娘们很知趣地集体早起，都勤快地忙前忙后，饮食上要尽量自食其力，不要对老何有任何指望。另外，这一天要格外小心，生活习惯上不能指手画脚，生活方式上不能妄加干涉，家居环境上不能多管闲事，思想观念上更加不能强行改变。总之，夹起尾巴，收起脾气，少说话，多做事。不然，这个翻脸比翻书还快的老何，有的是精力和歪理跟你battle！

有时候，待遇及态度在你离家的前一天会突然来个360度大转弯，纯看老何的心情以及对象是谁。这个老戏精偶尔也会突然良心发现，给你整一桌让你受宠若惊的美酒佳肴，说几句临别嘱托和难舍难分的肉麻话，给这个假期做一个happy ending。这时候呢，你千万别信以为真、自作多情地把票改签继续在家里赖上几天，后果自负哦。但这个面子你得给，不拆穿、不戳破，配合着把这部温情戏演完。

临走当天，姑娘们，泼出去的水无疑了。老何欢天喜地地把我们这几尊大佛请走了，但是拉着手一直送到大路边，还不忘交代一声："我已把你们下次回家要吃的胡萝卜、菠菜种子都种下了，你们下次回来就可以一起吃火锅了！"老何和我们又期盼着下一个相聚时光。

这就是我们的奇葩老何,她是一个精力旺盛、情感丰富、浑身是戏的复杂生物。可能是生得多的原因,她在乎每一个,但又无所谓得罪哪一个,把老大得罪了,可以在老二那边找安慰,把老二闹翻了,可以跟老三相好,把老三惹急了,在老四那边找平衡……这样依次把六个得罪光了,老大那边时间一久感情又恢复了,于是又来一轮。她与我们之间感情的事,分分又合合,修修又补补,大半生也就这么过来了,除了个别少数顽固分子,一家子倒也齐齐整整。

这就是让我们又爱又恨的老何,对于老何精彩纷呈的戏剧性的一生来说,这些鸡毛蒜皮真的不值一提。

二

故事的起因是一块破抹布。

在老屋,不到万不得已,我是坚决不进厨房的。我不知道别人家的农村厨房是什么样的,反正我老家的厨房是经不起细看的,我连描述它的心情都没有。总之,那是一处令我心惊肉跳的地方，我们的老何总有办法把它弄得让人不忍直视，每次都没有让我们失望。我的大姐将此总结为：一个人无法保证自己居所环境的整洁有序是一种神经官能失调的临床表现。

你们肯定会问，你们个个人高马大、有手有脚、人模狗样的，去帮老何麻利收拾一下啊！

问题就出在这里。她老人家要是肯让我们插手就好了。

我们不是没有帮过的。很久以前，天真的我们还觍着脸望着她老人家说好话，求她给我们一个机会帮她清理厨房重地，保证还她一个洁净如新的做饭空间。固执如老何，非但不领情，还立马翻脸，收一次，吵一次，有一次还把我轰出家门。可能是她嫌我破坏了她长期建立起来的安全感和"秩序感"。

十年前的一个春节，也是为惨不忍睹的厨房，忍无可忍的我先斩后奏，扔掉了老何积攒了上十年都用不上的破玩意儿。我管他三七二十一，破罐破摔，破碗破砸，还用一把斧子劈掉了她舍不得丢弃的歪椅子、垮凳子，连同一个脚都站不稳的年久失修的丑柜子,统统被我劈进了柴火房,让它们在烈火中完成各自物尽其用的使命。

看着它们渐渐烧成灰烬,我心里如释重负!总算除掉心头一恨。

果不其然,老何找不到自己的那些宝贝玩意儿,像失了魂一样,为此跟我大吵一架,她气急败坏地说:"刚毕业就拿自己当大亨,你以为这些锅碗瓢盆都是大水打来的吗?!你别忘了,你是土里长出来的,不是天上掉下来的!"她说完,指着大门的方向,把我请出了家门。

这已经不是第一次跟她吵到卷铺盖滚蛋了。自那以后,我发誓再也不干涉她的个人生活了。

但是你知道,除非不身处同一屋檐,除非我把自己眼珠子抠下来,不然真的会逼疯强迫症和洁癖狂的。我不是洁癖狂,但多年的职业习惯使然,也算是个中度强迫症患者。

这次回来,为了不逼疯自己,我无时无刻不在刻意远离厨房重地。可缘分还是让某天起夜的我跟那块破抹布不期而遇。它又脏又破，得意地躺在厨房的案板上，真是叫我气不打一处来。既然被我看到了，那就不客气了，我又忍无可忍，把厨房里所有的脏抹布悄悄地扔进了楼梯下的杂物间。丢完抹布之后的我，心情愉快地回房继续打我的鼾了。

万万没想到。

第二天早上，我路过厨房，发现那块破抹布，居然又鬼使神差地躺在了案板上！奇了怪了，难道抹布自己长脚跑？再一想，明白了。

我藏得那么隐秘，老何真是可以。再一看她，像什么也没发生一样忙前忙后。我也故意不声张，呵呵，咱走着瞧吧。于是我又悄悄把抹布扔到更远的地方——村头垃圾桶。老何依然没发作，她还换上了新抹布。

我大喜，长舒一口气。难道老何觉悟了？

我丢抹布的事，老何不是不知道，她可能正处在亲子蜜月期，懒得跟我吵。于是我趁热打铁，瞅准一个她外出打麻将的工夫，把她的破花盆全部敲碎，换上了一批网购的崭新花盆，把她的卫生间、洗衣间的各类物件都来了一个大换新。丢了门口一张连当摆设都没资格的快散架椅子，还丢了一张她留之无用弃之不可惜的八仙桌，再把她又积攒了多年无用的瓶瓶罐罐统统扔到了村头垃圾桶。

这下总能把老何惹急了吧？没有，她憋着呢。真是为难她了，我寻思她再忍下去，恐怕得憋出内伤。终于，她在一个月圆的夜晚，坐在门前桂花飘香的长椅上，给我远在厦门的妹妹打了一个多小时的电话，噼里啪啦地数落了一堆我的不是。

我的老何怎么这么不长记性呢！我和我妹可是穿一条裤子长大的。我妹撂完她的电话，反手就拨了一通电话给我，她绘声绘色、原封不动地复述老何的电话内容和语气。她模仿老何那是一绝，"声临其境"："你若觉得抹布脏，你给我洗干净啊！你丢掉算几个意思？我的花爱长哪儿长哪儿，关你屁事！那张椅子是我当年的嫁妆，我要不是眼尖在鸡窝房的后面发现它，怕是又要被烧成灰！那瓶瓶罐罐都是攒起来腌辣椒的，你以后休想老子再给你寄腌辣椒！那个八仙桌是老子 80 年代从你爸单位宿舍拖到镇上,又从镇上拖回老家,陪了老子大半辈子,它四平八稳地躲在角落,没招你没惹你,你凭什么要丢……"

说完,我们两个哈哈大笑。

丢东西也会上瘾的。第三天,老何亲子蜜月期已到尽头,现在一根稻草也能让她发飙。不知好歹的我继续太岁头上动土,随手把筷笼里一把旧筷子丢到了柴火房,又正好被老何撞见,这下彻底点爆了我与她之间暗涌多日的火苗。

老何上来就一顿劈头盖脸骂:"丢上瘾了是吧?下一步是不是要拆屋了?要不要我把村里的泥瓦匠请来帮忙?前两天不说你,还得寸进尺了是吧,真当你妈吃素呢?筷子再丢了用手抓吗?!"
我:"用勺,新筷子在路上。明天就到。"
老何继续发力:"还有什么要丢的?家里神龛子吗?要不要我帮你?你是不是还打算把我们两个老家伙也驮到村头屁股山去丢了?!"(屁股山,屁股大点儿的山,也不知道是哪个浑蛋起得这么直白又没档次的名字,害得我差点没绷

住笑场）

我："那筷子该下岗了，再吃就要花钱去医院了！你不是买不起一把筷子，你在麻将桌上随便放一冲也够买100双筷子了！"

老何跳起脚来叫道："我就是杠上开花又怎样？你少管我些！我吃死了算我毕时（倒霉）！你这样在家掀屋顶扒墙皮，怕是要老子提前捡场（死翘翘）！"

我："妈，日子长着呢，我想你日子过舒服点儿！我们以后还要好好孝敬你呢！"

老何冷笑："哼！我没那么长的素管（没福气）！！你到时候驮着锄头去山上把我挖起来孝顺我吧！"

老张看不下去了，他怕老何，平时还指望老何伺候他吃喝拉撒，从不敢跟老何对着来。他示意我去他身边，悄声耳语道："傻！！非要一把丢惹麻烦，筷子你可以一双一双地丢嘛！她也不易察觉。我以前就是这样一双一双偷偷丢的。她从没发觉，只当是自己吃了。"

那一厢，老何尖起嗓门儿，调转了枪头："你个老家伙少在那边瞎指挥！不然我有的是办法对付你！把我搞得罪了，有你好看！到时候你就干地下一窟（没辙儿）！"

说完，她气冲冲地挽起菜篓，戴上帽子，扛着锄头，摔门而去！

我和老张都不敢再发一言。怔了好久，才从老何的连炮轰中缓过神来。

老何，生于20世纪50年代，幼年丧父母，与其姐相依为命。她是从那个荒诞又匮乏的年代熬过来的。在国家一穷二白的时候，他们那代人吃大苦、耐大劳，上山下乡，挑过大粪、炼过钢铁、熬过饥荒，最后活了下来。他们中大多数这一生都把艰苦朴素、吃苦耐劳、消极忍耐发挥到自虐狂的极致，视审美、舒适、享乐为大敌。谁要跟他们大谈幸福是人生最伟大的信仰，他们会马上跟你翻脸，反过来教育你不要贪图安逸，能活着就不错了。在他们看来，躺在贫穷的怀抱里枕着痛苦入睡，可以获得内心的安宁和精神的崇高，哪怕是在物质生活极大丰富的如今，他们这代人中受虐狂和囤积癖依然屡见不鲜。我望着老何气得冒烟儿、略微驼着的背影，叹了一口气，一辈子都这么过来了，算了，由她去吧。

这次我没有被轰出家门。她说："算你走火（走运），我看在小弥的份上，放过你。"

我真是谢谢她了。

三

老何，能把一块破抹布视之为珍宝，而把我姐千里之外送给她的贵价丝绸棉袄弃之如敝屣。

那天，三姐前脚刚离家返京，老何就开始叨叨："哼，给我带件唱戏大蓝袍子，是让我穿出去丢人现眼吗？我看她千里迢迢带回来，不好意思当着她面说罢了！"

我反问："你不好意思当她面说，就好意思在我面前讲？你就不怕我现在马上立刻就把你的原话转告给她吗？"

她边摆手边叫："去去去！去说去！你们都是穿一条裤子的！我还怕她不成？"

我回道："我跟她可穿不了一条裤子，你把我的腿生短了！"

她说："不要转移话题！麻烦你告状时再转告她一句：

她以前给我的唱大戏的衣服我一件都不喜欢，我全部都压箱底了！！我曾经好歹也是靠脸吃饭的，眼光是很高的，你们可不要随便拿件袍子打发我！"

我当然知道。老何当年可是名扬十里八湾的"乡村一枝花"，代号"何仙姑"，随着当地文艺演出团到处下乡演出唱戏，她可是风光无限无人替代的旦角儿，正儿八经靠脸吃饭的。当老何还是小何的时候，姿色那真的是一等一的，你们只要看过我那百分百遗传她美貌的三姐，就能想象出当年小何的颜值是有多扛打了，追求她的人从南湾排到北湾。

老何长得好看，而且知道自己长得好看，更得意她儿子长得好看："我的儿，小时候长得几排场（好看）咯！像个洋娃娃一样，排场到时不时就有人来我家偷他！有一次他还真被一个坏蛋用一根棒糖引诱走了！我追了十五里地，跑了好几个湾子，才把他找回来。自那以后，我天天把他扛着，生怕再被人偷走了！唉，谁知道把这个天货娃（臭崽子）千辛万苦找回来，长成了人居然这么拐（脾气大），一天到晚跟我讲口（打嘴仗）！"

除了一子，老何还生了一群相貌参差不齐的姑娘。她认为，好看的都是她的功劳，不好看的全赖我爸；长腿瘦高全随她，短腿矮胖都随爸；大眼小脸都随她，小眼大脸都随爸。她很早就发话："你们有些长得丑的、短的，不要来找我的歪（麻烦），去找你爸算账。长得胖的，多找找自己的原因，是你们把自己吃胖的！活该！"

她还说道："以前也有好多膝下无女的要来我家抱姑娘的，你三姐长得那漂亮，我是不得给的，不然我的美貌后继无人了！我傻啊！要给也是拣丑的给啊！比如说你啊，小时候黑胖得像条黑鱼。"

我逼问："那你怎么不给呢？！这样就少一个跟你吵架的人了啊！"

她说："这就怪你爸咯！他当时正在屋后头劈柴，听到有人来家里抱姑娘，举着斧头叫人家滚！说老子砸锅卖铁，老张家一个姑娘也不会送人！"

谈到择婿标准，她曾一本正经地跟我大姐说："女婿最要重要的标准是什么？有三点：一要个子高，二要长得帅，三要身材好。"大姐当时听了大吼："难道不要对你女儿好吗？"老何愣了一下，意识到"政治"不正确，才很不情愿地拉长声调补充了一句："好吧，第四，要对我姑娘好。"

想不到吧，老何还是外貌协会的祖师娘。

四

入夜，一阵急促的电话铃响起，是一个陌生电话号码。

"你好，请问你是？"我面无表情地问。

"你妈。"电话那头远远的声音回答道。

"骂谁呢？！"

"我！是！你！妈！"那头扯着嗓子吼起来了。

"哦，老何。"我才反应过来。

"临走跟我搞一架记仇到现在呢？连号码也敢删？"

"我没删啊！鬼晓得你是不是换号了？"

"不扯这些野棉花！炸鱼收到了吗？！"

"什么？？？？又是鱼！！！" 我的脑壳瞬间天旋地转，胃里翻江倒海。

我亲爱的老何又悄悄给我们寄炸鱼来了。

上次的心理阴影还笼罩在胃里和心里，久久不能散去，这到底是因为临走那天吵一架，所以来报复我呢，还是我们一走，我们的亲妈就想起来要对我们好呢？

我的妈老了，真的老了，老糊涂了。同样的蠢事能够一干再干。

上次，我的慈母，在早市上斥巨资200块，买了一条三十斤重的新鲜大鱼，她辛辛苦苦扛回家给累得半死。紧接着杀、洗、剁、腌、晒，历经好多道工序后，又在酷暑36度的室温条件下，站在熊熊燃烧的柴火灶旁，守着滚烫的高温油锅，将所有的鱼块炸得连根尾巴都不剩。她汗流浃背地从早炸到晚，连口水都没顾上喝，炸了整整一天，炸完了再晾，再分装，再冷冻，已是深夜。

第二天一早，她扛着一大麻袋炸鱼，坐上我爸的三蹦子，顶着炎炎烈日，"突突突"一路颠簸奔到了街上的快递站。

接下来，就开始了她的"报复"之路：

她精心挑选了一个普通快递包裹，简称"慢递"，贴心地里三层外三层地把炸鱼包得密不透风，然后在包装箱外侧用胶带仔仔细细地缠了一圈又一圈。确认包裹密实无恙之后，最后郑重地将这几箱香喷喷的炸鱼交到了"慢递员"手里，接着目送它们搬上了那天唯一一趟发往北京的物流货车。

那个"慢递"真给力，一点儿也没辜负它慢悠悠的名声，它载着几箱炸鱼，摇啊摇，慢慢摇，花了五天时间，总算是摇到了北京，最后还精准投放到北京不同区域的三个焦急等待的姑娘手中。

五姑娘打开包装的那一刻，差点没被臭昏过去。

三姑娘收到鱼的那一刻，浑身发抖，直接哆嗦颤抖地将其扔进了垃圾桶。

四姑娘，就是吐点低的本人，收到鱼的那一刻，脑壳天旋地转，胃里翻江倒海，狂吐不止。

几天后，老何喜滋滋地打电话来问我："炸鱼收到了吗？"

"收到了。"我没好气地回答。

"怎么样,香不香?"她继续高兴地问。

"差点没臭死。"我如实回答。

电话那头的老何如遭晴天霹雳,半天没有声音,然后"啪"的一下把电话挂了。

后来听老张说,她在家难过了好一阵子。

两年过去了,同样的剧本在现实中又重演了一次,连一个字都没带改的。

没记性的老何又悄悄给我们寄惊喜来了。

几天前,我们前脚刚离家返京,老何后脚又从菜市场上扛了一条三十斤的大鱼,又把它大卸八十块,炸成了外酥里嫩的炸鱼。老张一旁馋得流口水,老何一块也没舍得给老张尝,全部按照跟之前同样的方法包起来和用同样的"慢递"寄走了。

不要问我们为什么不坚持让老何寄顺丰到付,不要问我们为什么不知道老何要寄炸鱼，我亲爱的老何如果真有这么配合，那她就不是老何了。她喜欢制造惊喜，热衷于生活中一切的出其不意。

我在接到她夜间电话的第二天就收到了那个快递，我到快递站的时候，一眼就瞟到了它，或者说闻到了它。那个可怜的炸鱼箱，被快递员单独丢在远远的角落，他很认真地对我说："你要再晚点来，我就要帮你扔了。"

是的，炸鱼又臭了，没有任何悬念。隔着箱子都能闻到。我连箱都没开，就扔掉了。

那天我正欲告诉老何炸鱼香不香的时候，老何又莫名其妙跟我演起了琼瑶剧。我们像两个刚吵完架的小情侣，我这边电话打一个，她那边啪的挂一个，再打一个，啪的又挂掉！接连打了八个电话，她终于不挂了。

"有完没完啊，老挂电话啥意思嘛？！"我没耐心了。
"气死我了！气死我了！"老何说道。
"我也气死了，你寄的鱼又臭了！"我补一刀。
"我气的就是这个啊！！你姐她们几个也这样说啊！气

死了！气死了！"老何怄气得很。

"老何，你能不能答应我做件好事？"我几乎央求道。

"什么事？"

"我求你就在家躺着，看看电视、打打麻将、养养花，就做这件好事。当慈母这件事，你真不擅长。"

"啪"的一声，那边又挂断了电话。

千里之外，我都能听到她一个人在家痛惜她损失两百元大鱼的声声叹息。

说老何不擅长做慈母，这句话真不冤枉她。

她老人家经常心血来潮学人家妈妈做一堆腊味食品，但是她这一生除了擅长做臭豆腐和米酒之外，其他方面真的很业余，甚至说蛮差劲。有一年，她托千里回家的我返京时给我大姐带一条她亲手腌的腊鱼。她心疼天南海北风里来雨里去的大姑娘，嘱托我一定把这条腊鱼带去让她改善伙食，顺便让她在外也能吃到妈妈的味道。我猜后者是重点。

结果，就因为这条腊鱼，我差点连地铁安检都过不了，地铁工作人员查出我私藏凶器！打开包一看，所见者无不惊掉下巴：呀呀呀呀！苍天呀，大地呀，这可是九品芝麻官里如假包换的尚方宝剑啊！它，浑然天成、坚如磐石、锋利无比，刀砍不断、斧劈不烂！剑身上洁白的盐巴闪烁着深邃的冷光！绝对的货真价实的防身武器！从哪儿都看不出来它是一条能够端上餐桌的鱼。

我把"尚方宝剑"安全护送到大姐那里，她平静地端着这把剑，无言地观摩了许久，抚摸着这把剑身纹路，眼里闪着光，仿佛在欣赏一件艺术作品，最后还不忘在空中比画了两下。"这玩意儿能砍死人！真的，一砍一个准。"她说道。

没有人能拿这条刀枪不入的鱼怎么办。后来，她索性把它挂于厨房的半空中，成了一件不朽的装置作品。

若干年过去了，那把剑还傲然地挂在那里，除了外表有丁点儿干裂之外，品相还是一如既往，风都吹不动。

小镇父亲

每次回到老屋,老张都会神气地邀请我参观他的阁楼书房,每次都会有他新近收藏的书入库,他细心地向我介绍这些新书的来历和内容。我对他新收藏的书并不感冒,倒是对他曾经的旧书兴趣浓厚。

昏黄的灯光下一排排整齐地摆放着他年轻时候读过的破旧的残本老书,如《史记》《资治通鉴》《黄帝内经》《四书五经》《红楼梦》《水浒传》《西游记》《三国演义》等,外国名著如《牛虻》《安娜·卡列尼娜》《大卫·科波菲尔》《远大前程》《梁宗岱译诗集》《莎士比亚全集》等,还有自学二胡、口琴的书,还有物理、化学、机械、自动化、农学类的书,还有老张自己几十年来的读书笔记和日记,更有他退休后亲自撰写的厚厚的一本长篇自传《回头看》。透过

这些泛黄的残破书本和模糊字迹，我仿佛看到那个曾经在苦难的动乱年代中拼搏过的热血文艺青年，他也曾有过自己的光荣与梦想，他也曾努力探索过人生的意义和真理，也曾梦想改变自己和家庭的命运，更梦想把青春献给祖国，甚至是改变世界。

他十七岁高中毕业便参军入伍。在军队里他多才多艺，文能写诗，武能打仗，吹拉弹唱，样样精通。升至副排长后，部队整编，他却因为爱情回到家乡过上了体制内的生活。

20世纪80年代末，改革开放的春风吹到了我们的小镇，思维活跃的老张率先解放了自己的思想，停薪留职后便义无反顾地走上了市场经济的金光大道，成功地下了海经了商，顺便积极参与家庭人口建设，后面的一长串葫芦娃就是建设成果。

每当老张回首自己这一生，他总戏说一生后悔事不多，唯有两件让其耿耿于怀，后悔没有继续留在部队发展，后悔没有考大学。谢天谢地，人生没有后悔药可吃，不然也轮不到我们来这个世界看一遭。但他明确表示最不后悔的事就是生养我们这一大群，他说他发誓再苦也得供我们读完大学。

他的确做到了，并做到了更多。就为这一点，我就会永远感恩在心。

我父亲的青春是在上山下乡中、在"文化大革命"里、在绿色军营中、在物质匮乏的混乱岁月中度过的。20世纪70年代、80年代、90年代的中国的确发生了翻天覆地的变革，时代的大浪一波未平一波又起，父亲的一生也在这动荡的三十年里经历了前所未见的时代洗礼，精神上和物质上都不可避免地经历了剧变。大时代下的他更多的是不适应，一切变化得太快。前几十年，他尚且有劲，膝下儿女尚幼，他不知疲倦地追着时代的轮子往前跑；而如今他终于疲累了，跑不动了，好在最小的幼女已是大学教师，于是索性不跑了，归隐田园，开始了自己的耕读晚年，从此不再过问外面的世界。

每当我们劝他出来转转，他都严词拒绝，坚决不迈出大门一步，嘴里嘟囔着：老子年轻时候走南闯北，除了拉萨哪里没去过，"文革"期间，老子光脚就走了好几个省……北京？老子在北京混的时候，你们还不知道在哪儿呢。你现在每天挤的北京地铁都是老子挖的呢！通州的一座山还是老子堆的哩！嘿嘿，说起那座山呀，名堂大着呢，那里有防空洞,军事机密,我不会告诉你的,你休想知道有哪几个秘密通道。算了,我还是告诉你们吧……巴拉巴拉……然后他又滔滔不绝地讲起那个战火纷飞的年代经历的艰苦和冒险。父辈的牛皮不用吹啊,动不动就是想当年老子开过坦克扛过枪,拆过地雷打过仗……一想当年就没完没了,怎么,不服不行,于是我们又无可奈何地被迫听老张牛气哄哄地讲述一遍。然而,这已是他第三遍讲了。

有一年,借妹妹博士毕业典礼的机会,他终于在我们所有儿女七嘴八舌的劝说下答应来北京一趟。在京期间,除了医院和妹妹学校,他哪里也不去,故宫长城颐和园圆明园等一概不去。只有一处地方让他眼神一亮,迫不及待地要去!那就是他魂牵梦系四十八年的国防基地!

于是我们马上启程出发,老张还一路嫌车开得慢!一下车,本来步履蹒跚的他居然健步如飞,很快就把我们甩在后面。走得远远地突然在一处泥巴地特意停下来等我们,待到跟前时,他便神采飞扬地忆起当年:"你们晓得我踩的是什么吗?不是泥巴,是当年林彪坐红旗车下车的地方,就在我脚下,我非常近距离地看到了他,不过手没握。"

话音未落，他又甩下我们匆匆往前赶，终于赶到了基地，他激动地奔去门卫那里报到。门卫是个年轻的军人，父亲向他快速准确报出自己的部队名称和番号，说明了来由，还敬了个军礼！最后还补充道："同志，你后面那座山半个世纪前是我堆的，我想来看下。"

门卫查完一番文件并将此事报告给一名上级，上级很快就安排专人热情接待并领着父亲及我们围着那座山转，当年的场景居然历历在目。父亲一路谈得眉飞色舞，口干舌燥，我从来没有见他说过那么多话。

伟大的舵手毛主席曾对当年中国的年轻人说："世界是你们的，也是我们的，但是归根结底是你们的。你们青年人朝气蓬勃，正在兴旺时期，好像早晨八九点钟的太阳，希望寄托在你们身上。"

我想，我的父亲曾经也一定对毛主席的这番话深信不疑：世界就是他们的！毕竟他也曾恰同学少年风华正茂过，也曾书生意气激扬文字挥斥方遒过。可如今，当年那个孩子转眼已经步入垂暮之年，已是近黄昏的夕阳，如今的世界早已不属于他们，甚至被时代所抛弃。尽管他们也曾如大多数的"你们"一样精力旺盛不可一世过，双眼充满过希望，只是当两鬓斑白时再忆往昔峥嵘岁月"愁"更稠。

一次寒冬围炉夜话中，我刻意问："老张，你觉得人这一生过得快吗？"我本以为他会像往常一样回避我的无聊问题，哪知他边往炉里丢着柴火，边怅然若失道："快啊，怎么不快呢，是真的快，一眨眼仿佛就是一辈子，一切都像发生在昨天……"

我们两个盯着炉中红艳艳的炉火，陷入了长久的沉默。

又是一年春节时，没有特殊情况，我一定会回到老家去看望这位老顽童的。二月的故乡晴暖如春，可父亲因病畏寒，把自己裹得像个胖乎乎的老娃娃，可爱又可怜。他的身子骨分明是很瘦削的，他的眼眶越发红肿，眼睛早已没有当年的炯炯有神。明明盼了我们几个月了，提前一个月就在张罗我们的吃喝年货，开始倒计我们归家的时刻，可真当到家那一刻，他却并没有电视里的嘘寒问暖，一句"回来了"后转身就走，就当是客气的寒暄了。然后就开始了他惯常的表演：假装忙前忙后（明明没有忙的），目光躲闪，故作淡定，试图掩饰内心的喜悦。

可是一顿酒就暴露了他的内心，酒一喝，话就没完没了，他对每个孩子的牵挂和关切便暴露无遗：他从北京扯到故乡，从20世纪80年代扯到现在，从政治扯到经济，从农村扯到城市，从读书扯到教育，从创业扯到工作，最后从猫狗又扯回北京……

他虽远离闹市，但并非顽固不化，养猫种菜之余每天依然看报，关心政坛风云、体坛快讯。那天无意中看到他居然还在每年订阅邮政的各种报刊，还会剪报贴满笔记本，几十年的老习惯还没改变，在如今快速消费的信息时代他还能过得这么慢条斯理。

虽不迈出大门一步，但是我们每个子女所在城市的天气他比谁都清楚。每次讲电话，最多不过一分钟，聊完天气老张就急忙想找机会挂掉，借口说不浪费电话费。我说包月，他说包月也不能拿来讲废话，最后只得换上母亲接听，才能说上半小时，絮叨的不外乎就是家长里短一日三餐。但是他的耳朵竖得比兔子还高,一直在旁偷听,着急时还在远处插上一嘴。

几年前,他终于也笨拙地用上了微信,比起语音,他更愿意手写着给异乡子女发长长一段民国体兼解放体的嘘寒问暖文字。我知道就这么一条微信,他也是枯坐在老屋的木椅上用粗糙的食指在屏幕上划拉了多长时间才写完的。

这就是我的父亲,一个从不说爱你却比谁都爱你的父亲。